U0588575

雅众

elegance

智性阅读
诗意创造

与四季和解
巴克斯特诗精选

Making Peace with Four Seasons
Selected Poems of James K. Baxter

[新西兰] 詹姆斯·K. 巴克斯特　著

张桃洲　译

北京联合出版公司
Beijing United Publishing Co.,Ltd.

雅众文化 出品

目　录

i

倾圮的房屋（1953）

在一去不返之火中（1958）

豪拉桥（1961）

猪岛书简（1966）

岩石女人（1969）

其他诗篇

越过栅栏

（1944）

越过栅栏

我的灵魂香炉般洁净
　　在半透明的胸腔里
当晨云低垂，它将会燃烧，
　　以内在的支撑。

越过栅栏
　　我将进行交流
而不因众多恶意
　　挪开我的脚步。

那在冰冻的海上
　　摇摆的无形面纱
以多种样式透露给
　　健全的精神。

没有法则应该被遵守
　　没有指南针拯救一个
"在孤独的太阳旁寻求
　　你自己居所"的人

我构想的和在夜晚

看见的模糊身影

将被大写在火焰中

在由来已久的混乱之前。

也许充分的自信

会从我身上失掉

而在嘲笑灵魂的舞蹈中

壮观的幻象溜走了。

但我将守住所有

无人会看见的信念——

那内心深处具有

强大完整性的堡垒。

（1942）

关于年龄

歇息在一块被阳光照亮的巨石上
　　　我看见参差不齐的山岗，
哨兵们肩并肩
　　　守卫着他们的要塞。
我充满敬意地思忖：
这些比生命、比死亡更古老，
　　　可我长大了。

远离喧嚣世界的愤怒
　　　我看见新生的羔羊，
在烦躁的饥饿中找寻
　　　他妈妈温暖湿润的乳头。
我想着：他还不知晓
被唤醒的动物激情，
屠宰场的红色阴影——
　　　而我变小了。

　　　　　　　　　　　　　（1942）

5

独角兽

穿过海风吹刮的昏暗树林

　　　　异形的独角兽

　　　　稳健地独自走着。

牧群回栏了如温驯的野兽将做的那样

但他坚定不移，不被理解地

　　　　行进在暮气沉沉的灰色海边

　　　　如纹章装饰的图像。

悬崖上吹来小号声：

　　　　在风之上并经由风

　　　　海的乐曲促动他的心灵

在一片着魔之地上冥思。

听见远处猎犬的长嗥

　　　　越过深深的溪谷，苍白而孤单的

　　　　迅捷者——幽灵般的独角兽走过。

也许弓箭手看见

　　　　他静默地穿行在

　　　　歌声骤起的树木间，

那些树妖覆盖下沉迷于做梦的树木；

而当他绕过远处的树林逃走

沉思的弓箭手又拉弯了弓——

看哪！漂亮的独角兽被杀害。

哦，未生者之死！

那喜欢你的精灵

注定不会降生

无尽的哀号掠过被埋葬的独角兽。

看哪，那坚硬而易碎，战胜

恶毒的死亡，坟墓里的死亡的角，

是更深的死亡——返回母胎之外。

哦，危险的独角兽！

死亡并未毁灭你——只有从

冰冷浪涛的来世看

爱与美的女神阿佛洛狄忒[1]

出现在你认定绝种的孕育中：

出现并将你系于一个坚固的梦。

（1943）

1　Aphrodite，古希腊神话中爱与美的女神，即古罗马神话中的维纳斯。

歌 [1]

鱼群像游在黑暗

    深渊里的星星

在那儿海的珊瑚鬓角被小天使

    迷住，不求而得：

从你冰冷的海底

来到头上方的巨浪；

让你喑哑的嗓音歌唱

我的觉醒的爱！

而跳跃着流淌的小溪

    奔涌到山脚下，

在那儿柔和的夏日苔藓在阳光下

    生长着连成一片：

不太公平，也许，不太真实，

她比你更年轻——

男人不会迎娶河流

替代性地拥有她的心。

像鱼群摇摆在炉状

1　作者说明：此诗"以儿童眼光描绘，用来缓解成年"。据其手稿
第 11 册。

8

深海里的星星

在那儿夜以继日的潮汐

　　冲刷在固有的轨道上：

我的觉醒的爱

反而拥有新的神祇——

你曾经束缚我：

我知道她的双唇是红的。

（1943—1944）

为地下的葬礼作

这些话送给我失去的时日
这样一首真实的诗
许多虚假中的真实
我该在哪里埋葬他？

经由月亮和太阳之路
我来到了这一个房间
明亮而空洞的风听着
它在**时间**的喉咙里。

很多人也许读过
无人会记住
那独特的眼光
那鲜活的余烬。

把他葬在一棵松树下
留下我白色骨头的十分之一
给孩子、男人和墓地腐蚀者
给那死去的嘴巴。

封存在光滑的树脂里

静静守住它的生命秘密

当言辞或人们都不知晓它们

停留在高处。

（1944）

最先被遗忘的

哦，班杜西亚喷泉 [1]!
绿色的山上果园里
住着我的曾叔祖父
那里植被丛生。没有贮存物，没有缓刑

凛冽的空气持续着。他们来自
古老的陆地，由于饥饿，或害怕年轻人
会从灌木丛射击一名看护者，
被放逐或被吊起。

于是目睹那些奇异的芦苇，
自大的亚麻和沼泽，
他们看见了解脱，最终的、原始的宁静，
重新建立了顽强的家族：

挨着一排接骨木篱笆边的蜂箱……
陆地枯竭了。荆豆
正待生长。如今他们的儿子们的儿子们
离开，拓展领地去了城镇：

1　原文为拉丁语：O fons Bandusiae，为古罗马诗人贺拉斯一首颂
诗的篇名及该诗首句。

一种轻而脆弱的诞生。

我要赞美

无数的人，我的心脏曾经跳动在他们的胸膛里，

正在跳动。他们缓慢死去。

一个在淘金热中赶着

一队公牛往山地小道的人。

一个温柔地笑着吹口哨

背上扛着一块马蹄铁的人。

铁毁损：更多的，凹陷的

外观，一张扭曲的脸上

花哨的面具。黏土栓，健忘，他们

会回答吗？我们会询问吗？

只有粗糙的纸似的树皮

从幼蓝桉树上剥落，而生长不良的

苹果树中间的矮灌木卷曲着

绊倒了脚。青草覆盖的家伙像古老的信仰。

（1944）

吹吧，丰收之风

（1948）

雪

漫长的饥饿的白天
和愤怒的夜晚之后
我不再是一个人，一个孩子
我接受了我的死亡。

我看这首痛苦诗篇的目光
变得好似来自绿色的大树枝
一个被掩埋在雪里的火山世界
在柔软的掌中变硬的诗行。

让我们不再怜悯死者。
正是在眼下的冬天他们冰封的创伤
呼唤情人们在夜风的本性中见证
冰和风是世界的心脏。

别忘记给他们从渡口，或
女孩的双眼和她头发的青铜色
所见的黑亮水域。但害怕
海水淹没的大陆消失时他们的纯净气息。

正是在眼下的冬天他们的意愿实现。

这温和的雪，掩盖了一个悲伤的时代：
在发育不良的土地上不可战胜的死者
展示了他们用以祝福的无瑕水晶。

（1945）

深藏，我的爱

深藏，我的爱，现在
听海峡里喧闹的浪涛声
瘦弱的树在黑暗笼罩的
大树枝重压下瑟瑟发抖：
你的身体应该藏得更深
在月亮和太阳都不知晓的地方；
心儿铺洒她鲜活的同情
放弃对骨头的支配权。

而在我的抚摸下忘记所有恐惧：
血管中永久的烦乱
让分钟变成小时，即使在痛苦中迟到
时钟伴着你的眼泪在计数。
雨摇晃着屋顶——我无法入眠
只是翻转那回想起
我无法保持的小溪的嫩叶——
直到你转身并包围我。

（1946）

奥德修斯

我曾在荒凉海岸那边看见的火焰

生活在热带海洋和爱的大陆

但如今不是这样：我敏捷的心迷失

在地道和上升的波浪顶峰之间。

因为强劲的特洛伊是冷酷的——尽管我

披上死亡，机警地穿越那里混乱的战斗，

诱使粗野的英雄们进入如铁般

想法下的恐惧，弄钝黄铜长矛。

远在她的灰消失之前特洛伊就在我心里消亡；

在海滨或陌生流沙上或被深深淹没

于深海黑暗里，我死而复生的弟兄们掩藏了

他们轻信的眼睛。虽然卡吕普索[1]或者

未察觉的珀涅罗珀[2]所哀叹的，大概是树而非雪——

死亡比爱更深：如今死亡是我的精灵。

（1946）

1　Calypso，古希腊语，词义为"我将隐藏"，是古希腊神话中的海之女神，为扛起天穹的巨人阿特拉斯的女儿，曾将奥德修斯困在她的奥杰吉厄岛上七年。

2　Penelope，奥德修斯的妻子。

冬天的早晨

冬天的心再次
　　充满了暴风雨：
低额的群山上
　　飘来致命的雾和雨。
每棵被割的树受到
　　他们的惩罚
掩藏在她的遗忘了
　　春天的叶片中。

在茂密的路边草上面
　　巨大的水滴摇晃着
躺在卡车从低空下
　　经过之处。
只有牛站着
　　吃了一会儿草
他们的屠宰场在附近
　　那个他们转向并纵队去往的地方。

哦，海浪拍打着
　　愤怒而高声
来自它们长长裹尸布般的

阴沉的浪花和云
因为这些是粉碎
　它们礁石的厄运之嘴，
是一次无名灾难中溺死
　而没有坟墓的鬼魂。

高高的云和无人询问
　它们迷路之处的鸟
只是吞噬骨头的
　醉酒的面具。
我的国度的所作所为
　她大概是
一块没有太阳的土地
　在极地海边上。

（1946）

22

狮喉状太阳下的信条

狮喉状太阳下的信条
我片刻和一段回忆的悲伤——
雨的第一根试探的手指
加速来到春天，骚乱和在地下
延伸着、扭曲着的隐蔽之根的呼喊。
信条是恰好有晨鸡在啼叫
当拍打着沙滩的死亡浪涛
独自成为哨兵。信条是增长的
恐惧和饥馑的肉体，独自早早
解冻融化的冰。信条是这里为我
心中之爱的凤凰从贫瘠的石头迸出
伸展他的火鸟羽毛去驾驭空气。

　　信条是同情。然后转过去看
　　古老的黑暗和十字架树。

（1946）

春天的贝多芬

孤独地置身于羊圈和山丘
绿色而无畏的全景图画之中
那里云雀盘旋着歌唱，巨大
而胀起的云墙包围了太阳：

那从不知晓春天的冰冻之心
该如何欢欣，与大地上变化的
所有季节联结起来？哦，如何像
云一样静静地徘徊在永恒的海上？

死亡之鸟盘旋着歌唱：她的嗓音
是在古老不幸旁边受伤的尖叫。
地球该如何欢欣，它早熟的叶片
必须承受所有伤害和我们罪恶的冬天？

死亡之鸟盘旋着歌唱。在她乐音的
痛苦中破碎的心重新痊愈。

（1946）

给一个出国的人

英格兰，我的失落，哦，是她受欢迎的
清澈的宁静和傲慢的爱人——
如同番红花为墓地的喑哑口舌发言——
他穿过双倍的海去往你的土地。

她不再年轻，于我是一个陌生人
将高兴地忘记那剥去彻骨
欲望的风：她的眼睛和嘴唇
于我是未知的，我惊异并铭记。

在孩子头上一个人也许会留下祝福
不弄脏头发，而是留下它发挥效力。
英格兰是仁慈的，破晓的炸弹
为她唤醒的不是战争而是一个孩子

（失去了寒冷的城市和山地云）
混乱的复活，不是孤单，不是骄傲。

（1946）

城 堡

时间是一道壕沟；城堡矗立在黑暗中。
曾经河水流淌，所有大厅在歌唱：
此刻乞求的手构成的僵硬挂毯。
哦记忆，午夜的铃声叮叮作响。

靠近酷热水下的表面躺着
溺亡女人们的脸，金色或黑色。
她们的青苔般的手臂是蜻蜓
暂时休憩的圆木；激不起抗议的火花。

当从螺旋状的天空滴下红雨
一场大风暴再次抽打冰冻的树；
刻骨铭心的痛苦在他们的唇上。
呕吐物和淤泥搅动了圆木平躺的地方。

一整夜城堡费力地说出
一句话，它会勾画闪电，或者以光
以山上的水恢复它失明的眼睑
记忆的壕沟。寒冷涌出一滴铁般的露珠。

（1946）

26

在内斯比 [1] 墓地的诗

绿色的围墙内躺着

土地的安宁的种子；

一千个埋葬的希望和恐惧

或者被岁月放弃的爱

预言平静将要到来

当最后的粮食被收回家

无欲的自然是

她沉默的唯一法则

雕刻师的劳作很快从下沉的

被苔藓侵蚀的石头上消失了；

人类悲伤和才智的标记，

会有轻盈的鸟儿辨认它么？

因为那些深情的文字最初确实

证明了跨越坟墓之爱的力量

在后来的时间里它们变成了

必死性的悲哀的象征。

可以看见每一座杂乱的坟墓上

1　Naseby，新西兰奥塔哥地区的一个小镇，以淘金闻名。

被风吹乱的草和常春藤绿；
快速移动的云在空中垂下光亮
高大的松树在那儿投下阴影。
采矿者淹没太深，对思想而言
他干了二十个扭曲的冬天
顽固的黏土和山地严寒
他用所有的金子换取阳光。

我们承受的悲痛——他们知道并非悲痛
他们的叶片内纹章般的心脏
悬挂了整个夏天用于呼吸的荫凉
然后变软被放置在秋天的土里。
他们的灵魂如果这样保持，确实
可能享有非尘世的爱或疼痛：
他们的一切是人类而非时代所知道的
季节和阳光是他们的遗产。

哦，没有给他们立纪念碑
他们的星辰是不朽的王冠；
也不在空荡荡的墓地旁哭泣
去打断一段完好无损的睡眠。
是你们的悲伤出没于此地
而非他们的——那每晚求爱
似乎在编织梦之迷宫、微弱
发光的脸，也不是他们的。

没有出售或租赁的墓地给我
我的骨头将避开贪婪的蠕虫
现场也不会有虚伪的纪念仪式
哀悼，这时自然并不悲痛：
而我宁愿将用过已废的骨灰
与在逃的风混合在一起
或者没有棺木，没有名字
投入我最初所来自的深海中。

（1946.6.18）

降 雪

灰的是天空；此刻田野是安静的
铺展在它们厚实的冬之斗篷下
在冰冻的岸边兔子害怕地潜伏起来——
因为在很多空地上显现了鸟群的
标记和足迹，耀眼的雪上的黑色。
哦，上苍以它们的未察觉的水晶
和平静的悲伤制造了多么奇特的纯粹
去担负太阳和荫凉的绿色大地。

此刻没有风摇晃负重的树木。
界限是无意义的，因为万物皆一
仿佛生命世界在水下
或在睡眠中死去或变成了一只白蛾。
没有花朵开放。堤坝和桥边结冰了
铁一般的水等待着太阳。

（1939—1946.6.25）

内斯比

不变的山的疤痕
　披着它们的雪的鬃毛。
于是过了一千年
　黄色的金雀花将要开放。

当巨浪被耗尽
　地震不再显现，
铁制的装备
　喂饱了海的饥饿——

当，黑暗在他们胸脯上
　情人挨着情人躺下，
士兵在休息中镇定
　知道不是他的敌人——

那时黑色山峰将保持
　它们的宁静——我们无从知晓，
而下沉的金子之上
　黄色的金雀花正在开放。

（1946.7.8）

31

蓟

顽强的心脏之花，为我

打开你锯齿状的叶片并成为

我混乱的象征

更狂热地播种——

头戴紫冠令国王们嫉妒

在光秃秃的石头上。

在那里山地河水汹涌地流淌在

它们开花的干涸卵石河床上——

那些衣衫褴褛的军团——太阳或雪

吞噬着奋进，

而下面溪流的主根

有十英寻[1]的距离。

它们的种子存在于异域

细心的抛撒出自一个苏格兰人之手

已经开花一百年，坚持

它们自己的权利，

它们被微风吹拂的薄纱

---

1 海洋测量中的深度单位。一英寻等于六英尺，合 1.829 米。

轻盈如阳光。

我已经原谅，也不责备
它们如此破坏性的入侵
山谷和宅地，列队的绿色
　　如花格图案家族——
傲慢地用准备好的叶片
　　袭击了所有属于人的东西。

为金黄的蜜蜂，他祝福的嗡嗡声
从它们的天鹅绒里满载而归
带着花粉到他的蜜屋
　　每个夏季时节；
游荡世界的南风弹奏着
　　经过每一朵花。

自然比我们的梦更辽阔，
比我们看起来冷淡的世界更平静，
并且比玫瑰更可爱，她当成
　　它们蔓生的花；
她的纯净的溪流，是给它们的
　　摇篮和坟墓。

由于这些在疯长，我升起于
长满青草的坡上的念头在疯长

绿剑似的，阴郁且如冬天般潮湿——
　　但同它们一样勇敢
我自己心里不死的紫衣为王冠
　　而饮。

（1946.8.7）

给我父亲的父亲的哀歌

在他死去的一刻他知道
他的心从未说话
在八十年的日子里。
哦，因为那座高塔残缺的
纪念碑被摈弃：
而固定的石冢
其管道能够点燃
一根麒麟草和花簇。
他们伫立在墓畔
诞生于他痛苦的血脉
以他们的方式悼念他。
他能在一天工夫里
割一连串草皮并堆成
一个人的头部那么高
一棵开花的樱桃树
被扛在他移动的肩膀上
在狮子般的太阳底下。
当他老了，失明了
他坐在一把弧形椅子上
整天在灶火旁。
很长时间他看着

醉舞中的星星

穿过他头脑里的凸透镜

清醒地认识

那将冬日世界裹在它们

手里的天堂的绿树枝。

他内心的骄傲是无言的。

在他死去的一刻他知道

他的心从未说话

在歌里或在婚床上。

他裸露的思绪回溯到

一座水边的房子

和风摇晃的叶片

于是因一个孩子之故：

整夜醒着朝向波浪

伴着死者的漆黑大嘴。

水的舌头说话了

而他的内心毫不恐惧。

（1946.8.30）

跋诗（给《大学歌》）

那么，被早霜变黑
叶子敲击在窗玻璃上
像纸做的嘴——一个迷失
在眼球和脑袋之间的形象。

更重要地，关于，在两边
它们的众多的七翼
永生的风伸展在
创造物的痛苦中。

黄昏在沮丧中变暗之处
能听见，单调而深邃
死去太久的人难以复活
处于来自地面的叹息中——

单薄的幽灵阐述着它们
关于**何时**和**如果**的枯燥理念；
而常常是关于着了魔的绿色
奇美拉 [1] 与鹰马 [2] 交配。

---

1 Chimera，古希腊神话中狮头、羊身、蛇尾的吐火怪物。
2 Hippogriff，古希腊神话中半鹰半马的有翅怪兽。

古典学的学生迫不及待

想要模仿恩培多克勒 [1]

但翻越奔涌的火山岩浆——

噢，一片血树 [2] 林——

穿过逆境走向星空 [3]：出自

一座墓窖的隐蔽铭文。

一个独创的心灵和精神，失落

在酒吧和讲堂之间。

（1946）

1　Empedocles（约公元前 493—约前 432），古希腊哲学家、政治家。

2　Bloody tree，一种原产于澳大利亚的树。

3　原文为拉丁语：Per ardua ad astra。

让时间静止

让**时间静止**
它带走所有事物，
面孔，五官，记忆
在它隐蔽的翅膀下。

我再次握住你
身体的绿色落叶松
它的叶子将聚集
天空的春天。

从他的阴影落下
猎鹰发现了
大腿周围的伤口
手下面光洁的乳房。

虽然在黑暗的房间里
我们知道天色破晓
而携带着雨的风
奏着寒冷的晨歌。

的确，它似乎

藏起来远离了
伤心的风
在我躺的蕨菜深处。

你的嘴是太阳
是绽放着、邀请着，
温柔于永恒夏天的
失去时间之片刻里
你身体玫瑰下的
绿色土地。

（1946）

洞 穴

在田野的一个洞里，人们想不到的地方，
一派荒凉，某个石灰岩蓦地立起来：
一棵根部周围堆着石头的树，
叶片宽阔，恰好遮住了底部的缝隙
有人猜测，彼处通向阳光照不到的王国
那里的鬼魂们忍受着普罗塞庇娜[1]的疼痛。

进入那个以前似乎无人
来过的地方，我发现了一条小溪
黑暗里奔流在石门之外。
它在小丘的中心从何处涌出
没人能够说出：孤单地
它像时间奔流在那儿，在阴湿的寂静里。

我一旦说话，嗓音就回荡
在许多柱子中间。再往前
是迷路而死去的绵羊的骨头
在地狱般的黑暗里，呈褐色，被水磨光。
泥土的气味像一种秘密语言

---

1 Proserpine，古罗马神话中的人物，被冥王普鲁托劫掠为妻。

是死人说出的而我们已长久遗忘。

小丘的全部重量迫近我。
我将乐意待在那儿，躲开
每一个活动在太阳底下的野兽，
躲开时代的敌意和爱的传染病：
倘若不转身爬回到关口，
挤过去并来到外面耀眼的日光中。

（1948）

农场工人

你将看见他点燃一支烟
漫不经心在大厅门外，将背
斜靠在墙上，或讲某个新笑话
给一位朋友，或看着外面秘密的夜。

但他的目光常常
转向舞池和那些堆积如花的女孩们
眼前的音乐慢慢撕开了
他心里的一个旧伤口。

他被太阳晒伤的红脸和长满毛的手
并不用来跳舞或谈情说爱
而更适于挥动犁
以它碎土，庄稼缓慢生长如他的心智。

没有女孩用手指穿过
他的浅棕色头发，在他身旁咯咯说笑
当周末情侣们散步时。代替的
是他尴尬的希望，他讲述的艳羡的梦。

可是，啊在收获季节看他

毫不费力而强健地叉着麦堆——

像一个情人听着一台

新拖拉机引擎的歌，清晰，无误。

（1948）

给诺尔·吉恩[1]的信（Ⅱ）

两年的沉默——我重新拿起了笔
写一封韵文信。你会原谅
这种临时性，了解我们怎样过着
勉强糊口的生活，一连串烦恼
和痛苦使叙述变得模糊。
我最后的信用了更罗曼蒂克的风格。

我们的梦想躲避了我们所是的人
躲避着如同苍蝇躲避冬天的寒冷。
山丘下迷路的旅人的梦想
伴随着我，当我泡在酒馆里
或躺在陌生床上身体有恙
无法取悦无情的指引星。

"精神的代价……"而精神通过
为囚禁中的感性心灵悲伤而成长。
我们误作埋葬之痛的分娩剧痛

1　Noel Ginn，巴克斯特少年时期的友人，他们于1942—1946年间
通信，信中有大量谈论诗歌的内容，巴克斯特早年的写作受到他的
鼓励。新西兰学者Paul Millar编辑出版了两人的书信集：*Spark to a
Waiting Fuse: James K. Baxter's Correspondence with Noel Ginn 1942-
1946*（Wellington：Victoria University Press，2002）。

允诺了永恒的极乐之境

在那里痛苦的丧失巩固了获得。

这是确切知道的答案。

我有你从营地写来的信件

（缺席者营地，以防这会被他人

读到）那里的活人在灰暗的单调中

慢慢死去。那时对你而言，

我是一盏灯，一种航标，你说过——

从那时起灯芯已经变得有点潮湿。

没有人能够一辈子扮演阿拉丁[1]。

油是血，然而火焰清晰，

毁灭世界的神灵未获邀请

而现身于一片树叶降落之际。

否则心灵变成了灰烬——恐惧

是艺术的伙伴，而隐士伴随悲伤。

那么诗人们学着像其他人一样

为金钱、情人而生活，或与这些人交朋友：

能用音乐让无阳光的房间富有生气

激起关于一个与众不同的太阳的传闻

它照耀同样的事物，即使无尽的夜晚渐渐过去

1　Aladdin，《一千零一夜》中拥有一盏神灯的人。

从编号的坟墓里唤醒死去的心灵。

也许我夸大了情况——但我
靠极端过活。疯子和圣徒
（恐怕）都有同样的极端主义的污点，
都对蝴蝶夫人[1]发狂。
要是没有弗朗西斯，我几乎不能画出
一个光环——"诗人的放纵"是我的口号。

我曾经非常坚持的谬见是
劳动的人们好于他们的上级
且仅仅需要摆脱他们让伊甸园
回到亚当儿子们那里的羁绊。
从那时起我跟他们一起工作；他们是积极进取的人
就像那位可敬的弗雷泽——保佑他的骨头。

一个八小时工作日并不有利于
一个人想象力的训练。
于是，唉，我发现我的真实位置
仍然是在学究式人员中间
我瞧不起他们过分的脑力活动
那样导致了心灵和活力的萎缩。

1　Madame Butterfly，美国作家约翰·路德·朗的短篇小说《蝴蝶
夫人》中的女主人公。

无疑我会找到称心的去处，在那儿我能
向给我的写作付报酬的小团体发牢骚
同其他的知识人一起喝酒，
间或用少许苦涩的诗篇
获得某些轻微的名声，不管多么卑微，
直到首次世界末日似的轰鸣声：

那将是**大爆炸**。我常常想起
我们进行的攀爬，像甲虫爬上一根排水管
从远古时代，到被洗涤槽里的
一大股脏水再次冲刷下来。
狮子和马匹也炫耀智力
但并不渴望天上的恶臭。

从这扇高窗我能看见涌动的海浪
伴随着持续的轰隆声滚滚而来
冲上岸边，在那儿曾经有个孤独的孩子，我
编织了我自己关于水草和贝壳的神话
梦想我听到来自绿水怪的呼喊
海的喧哗淹没了庄严的铃声。

（而在轰炸过的德国，暴力之梦
变成血肉之躯摧毁了一座城市
其在石头间摸索的茫然的幸存者
能找到苔藓般的饥饿和曼德拉草

疼痛的尖叫，但从不是那

清澈的小溪上最初的太阳花。）

在沙滩上走走有好处

在沙丘变得硬而干的冬天

结着霜，捆住了铁似的大地和天空。

我的骨中之骨[1]，顽固的石头经受着

悲痛的潮起潮落。我曾经

害怕的海洋，我爱它甚于冰冻的陆地。

有一种与被埋葬的自我

和季节的和解，于是去散步

聆听高傲的海鸟们的谈话

它们对我们的诅咒没有兴趣，

而感受着那些结霜的小丘之外

一片毁灭性的大海的雷霆。

（1946.4.14—1948）

1　典出《圣经·旧约·创世记》。

哈特·克莱恩 [1]

这个诗人，爱上了一个钢铁机器人，
多年来在纽约喝着劣质酒，
尔后排泄在小便池里
从个人恐惧里拧出公共的诗。

多么同情他，采掘着预言的
黑金，他挖了自己的坟墓。
夜里的沼泽之火，正午时分
被活埋者的冰冷而令人眩晕的恐怖。

称赞他，为新的鸟人建造了
只有神祇能行走的彩虹桥
（忘记下面那条黑暗的河
它的波浪卷回了一位醉酒水手的谈话。）

直到死亡，死亡，死亡，从极苦之塔
传来的黑色钟声。完美是他的罪行：
没有人来自他的心完美闪耀
冰雪世界里的极端水晶的地方。

1　Hart Crane（1899—1932），美国诗人。

直到在加勒比海那个臃肿的巨人
脸朝下被抛进一股扩展的尾流里，自由了。
他死去的心脏变成了一块大陆；
他松开的双手拥抱着上涨的海。

（1948）

倾圮的房屋

（1953）

致我的父亲

今天，看着盛开的桃花，
离岸的岛屿，冲上岩石和平滩
而打破宁静的波浪——
我们必须齐心协力，你和我，重建
被淤塞的码头和被炸毁的城市
以及如今葬身火海的我们的所有希望。

你的乡间童年有益于你变得强壮，
在十二岁耕地。我只认识那人。
我成长时得到更多庇护，也太久
处在伴随我疾患的爱中；虽然病能够
将一种不同的坚韧，由一点点痛
传授给掠夺性的心智。

我们之间有一种不和。我曾爱你
甚于我自己的优点，因为你代表了
地方的骄傲和高贵，铭刻在
前额线和手上鼓起的经脉上；
以及，在缓慢言辞与平静目光背后
岩石般的热情的正直。

你是一位诗人，被时间出卖
给行动。于是，如同犹太人所罗门
祈求智慧，你祈求
你会有一个做诗人的儿子。
祈祷得到回应；但一个答案也许
因其准确而让祈求者困惑。

你身上找不到错误，我被引诱
持续做你的孩子。可是那扯断了
这脐带的（本性），甚至没有
解除你的光和富有同情心的纽带。
在我身上才显出你自己的真正气质；
如此我们也不能成为朋友直到变成仇敌。

你很清楚这个，只是那要忍受重复——
你有时几乎是另一个自我；
有时我几乎感受到你心脏跳动
在我自己的胸膛里仿佛没有鸿沟
隔断我们。你那时看起来更像
一个不合时宜的孪生兄弟而非父亲。

这么多都是真的；而我看见了时间
当我要把过去切断，如一颗肿瘤，
那是我现在必须在笨拙的韵脚中消化的
直到我"像一个舞者随着节拍"离开。

去懂得我们全部的爱有机会的时期：
那超过了任何人的期盼。

你，曾在一条水道中挠痒的鳟鱼；
你，打着牌，倘若输掉也不在乎；
你，射击着高高山崖表面上的野兔；
你，指给我看从霜里长出的蕨类；
你，引述彭斯和拜伦让我听着；
你，敲碎石英直到云母发光。

我记着的这些，伴随那永远纯净
从杂草丛生的山脉吹下的风；
这些保留着，像永久的雪，
在我心里不变虽然我的生活改变了；
这些，以及一千种事物证明
你如一棵树扎根在土地的爱中。

我会把你比作弯曲的弓，
把我自己比作射向山谷的箭
回响着空气。而我必须准时
离开，朋友，去你不能跟随的地方，
并非爱希望我保持年轻，
箭生锈了，弓也散架了。

我们有一个目标：将人们

从恐惧、习俗和不断的自我与自我、
城市对城市的战争中解救出来——
那么他们会知道那生而追求的和平
去寻找充足的土地的，并非那些
用蝎子换取果实、用石头换取面包的人。

现在我坐在许愿井旁边
把银币投下去。我将有儿子
你也会有孙子，给他们讲
古老的故事尽管有枪支的怒火；
悠闲地遛达，看**他**曾无畏地
与亚当在绿荫下散步。

（1947）

给一位无名战士的哀歌

有一段时间我会放大
他的结局；散布言辞似乎我洒下的
不是自己而是别人的眼泪。有一段时间。
但现在不是那样。他死于一场普通疾病。

也不再有任何新的星星闪耀
直到那天他到来，由于
肥厚的黑暗而向疼痛的世界呼喊
给眼睑打蜡，让日光进入。

那样感觉着、品尝着，寻找足够好的土地。
后来他玩着石子游戏，盘算着
在黑暗的海边之外以及通往
最远的围场的道路那里是否有土地。

在学校很难堪，他不能掌握算术。
那么你能指望他理解
他如蘑菇一样从早到晚
生长的身体的奇迹和恐吓？

可是他有参加一场并列争球的体重

认为那是好的——听着欢呼声
与男孩们喝着啤酒，给他们讲他
从不认识的女孩们的荒诞故事。

然后战争到来了，他高兴又难过，
但很快入伍。那时他母亲
哭了一会，他父亲夸耀自己
如何会让他走，虽然农场里需要。

很可能在埃及他会发现关于
自己的某些事，如果苍蝇和醉酒
以及要命的炎热能告诉他很多——直到
在第一次战役中一枚弹片击中了他。

然后他被给予纪念铜像的荣誉，周围
是年长死者，一座山岛的孩子。
一场被玷污的胜利的羽翼覆盖他
那个生于沉默的人焚烧回到沉默中。

（1948）

秋天醒来

在二月醒来看到那将纤细的苔藓
放在窗台上的秋天第一抹霜
我看见太阳升起如一个可怖的天使，用
标枪穿透光年直抵我的心脏。

从我所躺的这片黑色沼泽（周围
有大蛇，也许拴在高加索岩石上）
听见那些秃鹫的翅振，它们留意
垂死者，用坚硬的爪子撕裂柔软的肉体——

我想起另一个早晨，另一次日出，
自己还是小孩，高高地坐在行驶的牛奶车上，
马脚后跟边上新鲜的粪便气味
还有海平面上宁静的黎明。

（1948）

夏季，钟楼旁的诗

在暗黑的沙子和有翅膀的泡沫旁
光秃的塔楼的阴影底下
野孩子们玩耍着，怪异甚于亚特兰蒂斯[1]人。
为了他们，发光的石头象形文字清晰闪亮：
熊和公牛在湿漉漉的竞技场里跳舞
对着太阳的号声和波浪的哭喊。

他们是可怕的镜子，在那儿我们的时代
用蛇发女怪之眼回望。一个冰河世纪
横亘在我们之间；因为他们知道
我们能看见仅仅覆盖着冰川石
和终碛石[2]的荒凉沙丘上
幼小凤凰巢穴的位置和时辰

然而为了他们，从
大地静止的中心升起了朝向天空的
永生树。挤满了鱼和会说话的鸟的
池塘和空荡荡的树林接纳他们，

1　Atlantean，传说中的亚特兰蒂斯王国位于直布罗陀海峡附近的岛上，曾拥有高度发达的文明，于公元前一万年被"大洪水"所倾覆。
2　Terminal moraine，是冰川暂时稳定时期处于末端的堆积物。

教给他们石头们谈话用的语言，
向他们展示泰太草[1]做的羽状箭。

我们在毁坏的城市紧挨着我们的死亡
比珠宝更近；向着涂满污泥的天空
终日的期盼者转过一张怀疑的脸。
或者在漫漫长夜冻结了对
肉上之肉与石上之石乃同一的关切
将彩虹悬挂在迷失的深渊里。

那会把我们的普通日子变成
黄金的白色石头在哪儿？
这通往许愿井的绿色小径
这隐秘的房子这肥沃的荒野
悲伤和记忆得到调和之地。
火和冰的天使很好地守护那座花园。

可是塔楼矗立着，方正稳固，将
日晷的阴影投在舞动的沙子上。
鼓起的云朵用喇叭吹奏着。而石窟
之外的风驱散了鸟儿和泡沫，
从当当作响的石头敲击出回声，
敲击在小船拉住它链子的地方。

1　原文为毛利语：Toi-toi，一种灌木。

这些形象扰乱了我们的伴随

喜悦和奇妙顶峰之预期的人类之夜：

童年和老年在一个绿摇篮连接起来。

我从这块隐蔽的时间之石再次知道

一枚淹没的太阳在倦怠的中心升起；

黑暗的鸽子重新在我胸膛里筑巢。

（1948）

弗吉尼亚湖 [1]

这湖坐落隐蔽，在太阳下闪光。
芦苇丛中红嘴的本地鸟群
像舞者在高处蹀步。缄默的我
发现了一种赞美它们的语言，
从耳聋的沼泽里一个词
用无数被淹没的嗓音说出。

这正是那座花园和会说话的水
这儿曾有一个孩子边走
边对叶片的宝库感到惊讶，褐色的鸭子
在水面上游着，四面的风高声
叫唤他的名字，在鱼像跌落天堂里的
星星滑过处的下面是一个绿色世界。

由于他的爱，失明的雕像向下
移动到贝壳小路上。演奏台放置于
随着音乐在它中心燃烧的火上
在他的爱里受到庇护。
爬满苔藓的榆树成了头顶上的橡子，

1　Virginia Lake，在新西兰旺阿努伊市。

古老的波浪为他打开了进入的门。

现在处于沉默的人，黑色的语言干涸
双眼像硬币一样沉重。
哦，走出这个迷宫般
悲伤的石墓，我出发并朝他
真实的日子呼喊——一个醒着的梦里
没被毁坏的奇异的伊甸园。

（1947—1948）

坦普尔盆地 [1]

褐色，草丛贫瘠，捆着松木，
冰山在那片湖上呱噪
我曾在湖里游泳，那时索娄 [2] 是个孩子，
滚动的石头向下沿着峡谷清晰的表面，
守候着河边的红鹿。

长着鹿角的异类从未来过；但闪耀着
有翼的太阳每天升起
继续存在。朝向天空的盆地
躺着像另一个太阳，那儿有条雪河流过
永远在睡梦中穿过白昼的惊奇。

波浪擦伤了卵石滩；银色胀满了鳗鱼
扯下它们无风的夜晚，被一簇荆棘火烘烤
散发着烟味和甜味。
——哦死亡出现的圆形剧场！
冰一样冷而清澈

河流蜿蜒在那座祭坛场地旁边

1　Temple Basin，位于新西兰南岛的亚瑟隘口地区。
2　Sorrow，也可译为"悲痛"。

那儿的土地着火了，生育舞蹈常常

摆脱了开花的草，吵闹的亡灵

众多隐形的风之马列阵

从顶峰到冠冕的尖顶，从云朵到翻滚的云朵。

时间将第一个亚当[1]转回

到我身上。由于悲伤，深湖里的

钻石眼怪兽守卫着它们的不毛之地

埋藏在地下的黑暗中。在高高的山风上

一只宽大的鹰飞起，铁般的爪上有血。

（1948）

1　The first Adam，典出《圣经·新约·哥林多前书》15：45。

给一个老酒鬼的歌

我为何应该记得
那不可思议的好处
那九月的承诺
那树林里的鸟之歌，
当这些从我身旁消失
像早晨从天空消失。

在冬天的沟渠如仁慈
变冷之前，
那溜达的小狗们
会转过来向我微笑
为了无所顾忌的眼睛
和乌黑的卷发。

镜中的脸变化着
变化着变老了：
向山脉和高地
河流的严寒告别
我曾在那儿放羊
在一个如绵羊般宽的世界。

当很多华丽的船只
沉没在古德温暗沙[1]上
（或一面变得更圆的帆）
与所有船员一起消失，
于是躺在同样的坑里
爱，悲伤和记忆。

耶稣和玛丽，让
春天再次降临
在某地某时，或者
承受了我的痛苦。
我寻找着绿色客栈
在那儿生与死开始。

（1946.6.20—1948）

1　Goodwin Sands，英、法之间多佛海峡北海口处的一系列暗礁。

惠灵顿 [1]

时间是纪念碑的石额上
一次皱眉，是摇动码头的一阵风。
从来没有时机让一整天
沉入内心，令它在那儿受到庇护。

权力繁衍权力，在筑于
终日赶路的云朵之下的蜂箱里；
郊区拂晓的陈腐呼吸模糊着码头，
使眼睛疲倦，撕扯着神经直至狂热。

充满花盆、峡谷街道和电车的城市，
哦一千个官僚主义者的不育的娼妓！
有个悲哀的深坑在你
表面的傻笑后面，当月亮打开

太空中的冷门。这儿在黑暗的山上
在你们的破灯之上——没有十字架
乞求，只有杂草丛生的炮台
和满是风之悲伤的无线电塔的巨大转盘。

（1949）

1　Wellington，新西兰首都及第二大城市。

71

独居者

在盐溪变宽流向一座褐色潟湖的地方
边上围着暗淡的剑状草和海草，
那儿，一排灌木栅栏后面
一间起皱的铁制棚屋里，他独自生活——
打零工的人，老混混，疲惫不堪的酒鬼，
在他沙丘上的园子里锄锄草
或者修剪居民夏季公寓旁的草坪。

三个孩子结婚了，一个妻子死了，
他生活的目标很少，有人会说。
在矿井和打谷磨坊里他有他的日子
公牛般乱闯，强壮的脊背和虚弱的脑袋
（管乐，爱尔兰威士忌，要花的钱）
如今患风湿病躺在他的担架床上
感到了生冷和正在接近的尽头。

腐烂的木板几乎不能防风雨，
灰色蜘蛛穿梭在风口和湿气中。
晚上很晚的时候在他的酒精灯旁

"我是复活和生命"[1]

他读着，翻着一本破损的《圣经》书页；

当小孩们向他的屋顶扔石子

他笑了，想起他自己的幼年时候。

然后，在变厚的暮色中他的视力衰弱，

他跪倒在一块麻布垫上祈祷，

他的心像上帝的极盛烈焰中的蜡，

他的身体像烧坏的支架一样抖动——

赞美那个爱人，唤醒他流泪

当他在致死的假面剧里被鬼火[2]

和眼屎的气味弄得疲惫而眩晕。

早晨，发现他忙着他每天的事务，

剥去潮水冲刷的暗礁上黑色贻贝的壳

或者剪掉护卫着一些肥胖赌业者房屋

和场地的大果柏篱笆上的叶子。

很快一阵浪将带走他，或者三月的

冷风，他的瘦肉在一座浸透的土堆里

他的用过的灵魂到了那条无人变老的河中。

（1949）

1　"I am the Resurrection and the Life"，为《圣经·约翰福音》中耶稣说的话，也译为"复活在我，生命也在我"。

2　原文为拉丁语：ignis fatuus。

烟花表演

当温暖的北方雨水漫过郊区房屋，
流淌在窗玻璃上，它的飘浮的烟雾
用密不透风的罩子覆盖着港口一带：
我想起十八个月前我怎样站在
奥塔哥[1]海滩上没过踝关节的沙里
看着焰火闪烁在啸叫的浪花和小屋上空，
脑海里的灰色灰烬，心里的巨变之流
一种垂死的爱和另一种生长的爱。

因为爱像冬天里的番红花球那样生长
躲避着雪，从它自己身上稚嫩的
绿叶正在萌芽；但死去犹如烟花消失
（痛苦的白色火花映衬钢铁般黑暗的天空）
用跟踪着悲伤之弧线的火鸟翅膀
穿越如墓地般冷酷无情的夜晚，
最终一块暗淡而闷烧着的弹壳掉进
冰冻的沙丘和停止涌动的水流中。

剩下很小的空间，人群在那儿踩踏

1　奥塔哥（Otago）位于新西兰南岛东南部，为新西兰第二大地区。

74

草丛和光秃秃的羽扇豆，在从海上吹来的
狂风中颤抖的松树底下。我在小沙丘上
选了一处观看地点。那时烟花升起，
哦太妙了，像细柄上
自我毁灭的花朵，伴随满是闪光的种子，
从天上如雨点般降下琥珀、红布、钱币
落到使劲伸向天空的脑袋和平静的海港上。
如果它们带来死亡，我们会站在相同的地方，
我想，在向着世界末日火焰的狂喜中。

正是流淌的雨水让我想起
那些热烈的阵雨，宣泄情绪的爱与悲伤。
当我借助月光穿过冰冷的街道走回家，
我的步履回响在十月的夜晚，
我想到了我们奇特的生命，无休止的
死亡与更新的循环，周而复始，
关于人的心，那隐蔽的罗塞塔石碑[1]，
疯狂如极地卫星，无人可解密。

（1949）

1　Rosetta stone，在埃及港湾城市罗塞塔发现的、制作于公元前196
年的石碑，上面刻有古埃及国王托勒密五世登基的诏书，采用希腊
文字、古埃及文字和当时的通俗体文字，近代考古学家通过对照各
语言版本的内容，解读出失传千余年的埃及象形文字的意义与结构。
此术语被用来喻指要解决一个谜题或困难事物的关键线索或工具。

塔拉斯[1]之夜

在夜晚踏在塔拉斯旁边滚烫的
白路上，此处一轮无荫蔽的太阳直射
到山脉与河流上，将雪草烤焦成褐色
还有矮树——我们来到小溪从岩石中
流出的地方，一个结实的天使，红光焕发
周围是绿色水芹，深到足以淹没
我们干渴的肉体；在山脊的顶部
刷白的酒馆，忘川夜晚之家。

一阵风不知从哪里吹来，当天空
变暗。我们抬起花楸木门栓
进入后把我们的钱放在高高的
弧形柜台上。挡不住的幽灵们造访我们
在我们旁边喝酒，旅客们难逃一死，
像狼群，舔着他们的蜂蜜酒和血。

（1947—1949）

1　Tarras，新西兰奥塔哥地区的一个小镇。

巨 变

从沙丘——毛利人曾在那儿焚烧炭窑
烧制陶器，如今云雀在剑状草中间
筑巢——我看着沉稳的海歇息了
在平静的呼吸中；想象巨浪翻滚在
奥维德[1]诗里漫过田野的大洪水中，摈弃了
高筑于冒烟的山顶上杂乱的烟囱和牛棚
直到仅留下原始的坟墓，溺水的乳房
哺育着无限的海洋，返回子宫的陆地。

当鱼儿充塞着教堂，光滑的海豚啃食
陆地上的草，那么我们的地球将懂得
乌托邦式的安静。直到那个时候我探寻
掩藏的源泉，努力让蓟草长出
醇美的果实，收获雪中的夏葡萄——
借给我无效的言辞去撑起倒塌的房屋。

（1949）

1　Ovid（公元前 43—17），古罗马诗人，他在《变形记》中描述
了天神朱庇特用大洪水淹没地球的故事。

威尼斯百叶窗

四岁时他睡着了，在
祖父屋子里冰冷而巨大的床单中间，
板条百叶窗让斑马线样的光进入
照在他的枕头上，苔灰色、阴森的绿色：
甚至玩具熊也不能阻挡老鼠
切割隐蔽的楼梯，和无名之夜的畸形足。

当他长大一些，打斗、哭喊，扮演
挤满鳗鱼的河边羽扇豆下的印度人，
他的白日梦路线会合直至一条路将他
带出焦虑和忧惧着的童年
引向关于女人的梦，抚摸与品味
在威尼斯百叶窗后面，关于肉体和羽毛床。

直到，影子的胜利实现了，他
醒着躺在亲密而偶然的旁边
把所有的线系在一个幻灭的结上。
同时，平常的光，并不神秘，
随着跌伤的黎明女神，透过张开的
绿色百叶窗，照在闪烁的眼睛和杂乱的床单上。

（1949）

78

给我的妻子

虽然你自己的自我在我热爱的世界前面
然而我珍视世界和你前面的**他**；
没有**他**的爱我对你的爱将消失
可是为**他**所滋养而更新绝不消亡。
我们成为创造物，恐惧，辛劳，度过
我们成双的萎缩于梦之欣悦的生活，
我们共有的对一面镜子的喜爱
它模糊地显示了那永生之**光**。
倘若我说我们的爱勇于面对来自
罪、死、变化的忧郁，偶然性的粗暴之手，
也许一间生火的房子那样的天堂
在夜晚来临之前不会全然被毁灭——
　　我现在说出来因为超越了虚弱的表演
　　在**他**永恒的日子里那会是那样。

（1949）

进入利特尔顿港¹之际

从开阔的水面移动蛞蝓样的渡船
朝向陆地的粗糙的门：
在记住的沉闷梦里的出发之地
犹如汹涌的哀悼；在所有青春岁月里
未熄灭的迸发熔渣，喷出
灰烬的悲痛火山——可如今晴朗
支撑着处于痴人般平静的苍白天空。

陆地接纳我们，她那过分挥霍的
悔恨的儿子们，整夜等候在
颠簸于多风的海峡上的密闭船舱里；
如今片刻之间，转过
朝海的惋惜的眼睛，仿佛她裸露的臂膀
伸开让我们窒息，她的港湾是一座石墓。

此刻一点一点地，狂暴的暗礁
落在后面；漂浮的褐色水草
缠住船头的波浪。码头在我们周围扩展
以松树岛、道路和别墅

1　Lyttelton Harbour，新西兰南岛东岸基督城郊区的一个市镇和外港。

还有旧的居室穿顶，光秃的风化的最高点
被风的柔软手指不停揉搓。

轮船转向了玩具样的码头
带着直立车厢和像巨型恐鸟[1]的起重机；
甲板下面颤动引擎的
摩擦声和急转，热量，以及山一般的行李
风从小镇上方的山谷漏斗
持续地倾泻——许多道路的
凉爽的终点站，伴随着允诺了新技能，
一次死亡和一次开始的温和微笑。

（1949）

1　Moa，曾发现于新西兰的一种不能飞翔的鸟，已灭绝。

玛图基图基山谷[1]里的诗

距离小屋几码远，直立的山毛榉
让它们死掉的树枝掉下来，长满了
羽状苔藓和蕨丛饰品。
腐烂的木头彻底而严重地裂开
密实于驱动斧，伴随着唑唑坠落的
水声和高高筑巢的鸟群。

在冬天被雪所隐蔽；但在整个夏季
森林毯子褪去了它浑浊的花粉
覆盖了一座处于非毁灭性火灾中的山脉。
远离大陆的心脏。不过野生的矮牛
适应了，也许弄清了
她的些许意图，或者带爪的食肉鹦鹉。

对于那些像我这样到来的人，半知半解，
跋涉在玛图基图基
上涨的齐腰深的雪水中，
蹒跚在群山投掷房屋般巨大的
石块骰子的地方，或者冒烟的

1　Matukkituki Valley，位于新西兰南岛西南部的阿斯帕林山国家公园内。

大瀑布将箭矢抛在我们路上——

对于我们大陆是发源地和破坏者，
易怒，通过日落征兆
暗中知晓，在树枝上听到的低语；
或者红鹿抬起它们天真的头
嗅着风以辨识危险，
来自我们惊恐行进中脚步声的威吓。

我折叠着携带的三个心形图案
如防止洪水、滑动页岩的符咒：
淡龙胆花、百合花和灌木兰花。
峰顶也有名字与它们的说明相配，
占星术士和月球清道夫，
水手的和登山者的语言。

那些断续睡在密实袋子里的人
在雪线露营地被风包围——
食腐的红色后翼鹦鹉
在夜晚踏响了屋顶，黎明携带
雨云到紫色山脊上，来自破碎
冰川的纯洁的反射光，耀眼的雪。

难道他们——那神秘熔炉里的躯体
忍受不了隐士的静谧

和无须动脑的狂喜？蓝色唇状的裂缝

和光滑的石孔跨立着——一次相交

用什么避开我们的网络——搅动

大海催生了我们内陆水域的利维坦[1]？

天空的纯净；放置在死一般顶部的

雪似的祭坛布；或者用

巨大笑声摇撼粗糙冰碛的雪崩；

羽状雪和龙卷风——这些是什么

除了**他的**破裂镜子，那个给山以力量，

栖身在神圣宁静、永久新鲜里的人？

为此我们返回，将我们灵魂的迟钝

避开那过于隐蔽的玻璃：转向人类

白日梦那温和的无知，儿童和女人，

石头和土壤的耐心，守法的城市

在那儿人可以生活，没有野蛮的冒犯——

关于什么是摇撼他时间之墓的永恒。

（1949）

---

1 Leviathan，《圣经》里的怪兽。

木 偶

我自己血液里的某个变老的人
像亚伯拉罕[1]，他的房子和庄稼安宁，
在晚上坐在一棵梨树的树荫下
想着他快要死了——蜜蜂的声音
令人惬意，让更老的树枝高兴，
也许想起了参孙[2]年轻时的那个故事
死狮子的骨头生出蜜来。

于是，手里握着刀，他刻了一个木偶
（依照什么盲信的神话，搅动着的祖先记忆？）
在头骨周围锻造了一个铁质带子
然后把它牢牢固定在院外的柱子上
神力的显著标志，守卫着
干草堆，谷仓和牛棚，伴随燃起的新生活
而他的生命像古老的月亮每天萎缩。

我发现那里是花果园的所在地
（如今荒废，长着荆棘，挂着
破败的蓝桉叶）。雨和纤维状的草

1　Abraham，《圣经》里的人物，据说是希伯来等民族的共同祖先。
2　Samson，《圣经》里的人物，大力士。

腐蚀了灰色的木头，蜘蛛挂起
她的网为了进食。苦涩涌上我的舌头：
我们从变白的骨头榨出的美德——
因袭的虔诚和高贵。

（1950）

勘探者

在悬崖和扶壁的下面
那里是卡瓦劳[1]的灰绿色龙
发怒后不停盘绕的地方，
在沉重的牛车轮子轧出的
一条小径旁边
他盖起了他的石头房，
担架和袋式床垫，
背后是一座庭园
用薄荷和西芹冷却：
这地方看起来像家，
壁炉架上方被烟
熏黑了，一本年历的
破烂而花哨的书页。

就那么生活了一年又一年，
在那儿勘探黄金，
细查河流浅滩
开采卵石峭壁。
那样活着，变得虚弱和衰老，

1　Kawarau，在新西兰奥塔哥地区。

他们说，头上奇异的

小饰品——用从春柳取下的木头

煮沸他的金属罐，

躲避八月天气的

粗暴戏弄。

那时的生活够

好了，带着的一只瘸腿牧羊犬

也老了，双倍的艰苦。

直到他们最终来把他带走

死在城里的一间屋子里，

独自一人犹如他从未存在

直到健康和智慧抛弃了他。

绿色荆棘像窃贼

一点一点地攀爬

挤进裂开的门

在地板上铺展着

苍白的花，破败的叶。

小屋和杂乱的园子

还在，某种被遗忘的

伟大之爱的荒芜的标记，

安抚着一个旅者的悲伤。

（1950）

挽 歌

海的嗓音能打开
一个孩子掩埋的惊奇——
词语，词语用于模仿
碎裂岩石下面
黑暗涌浪的轰隆声。

海鸥高声地盘旋
而早晨的波浪闪烁着微光；
为了平静，平静是
给那从冬云中呼喊的
登天者的裹尸布。

绿色浪花发怒之处
是古老痛苦的阴影：
哦奇怪，奇怪年龄
能够平息那热情
将心智放进笼子里。

上涨到胸脯，冲刷
它面前的灰褐色海草，
寒冷，寒冷是波浪：

我的精神更寒冷

安宁如坟墓。

（1950）

玻璃门

在直背客厅椅上
坐着体面的长者们——
时代和世界的事务
滚动在一粒唾沫球上；
在一种陈腐的气息中播送
婚姻，生育和死亡。

正对着罗马钟
气象侏儒们恪守其位；
两匹被雷击的马
和一个亡叔父的脸
倒竖在一间老年室的
百叶窗封闭的昏暗中。

但金发儿童
听着刺耳而平淡的曲子
潮湿的风在变暗的
窗玻璃外猛烈地刮着，
在它的杂乱噪音中
一个神谕般的声音——

转向玻璃门

有绿的、黄的、红的，

人们像天使经过

奇异的树木掉落

一本图画书上的叶子——

大声喊叫，"噢看哪！"

他那时看到了什么

让他打断了我们关于

为何、如果和何时的谈论？

一头烧着的狮子从

昏暗的荒野稳当地走着：

清楚而完全地看见了它。

孩子，那时影像

抓住了爱，恐惧

迷惑了我们地牢般的思想，

没有窗户在，只有你

心的鹰隼之眼的镜子

符合并作出答复

仿佛不是为了死而生。

（1950）

倾圮的房屋

我走上了黏土小道
从黑桥通往达菲的农场，
没有先行者的足迹踏入，
这样，看起来会避免任何可能
降临到我的伤害——那种挨着一座
曾经美丽的农庄的坏运气魔咒——

当南方天空变厚
雨骤然降落到山顶上：
于是我躲避在一片橡胶
树林里（风刺激着它们的嫩叶
像一公里外的浪花），它们的根吸光了
草皮的生命直到饥馑的土壤患病。

但一种来自长满蓟草的绿色土丘
更古老的不幸明显地伸出了
她有须的游丝。难看的
杂乱无章、被火熏黑的石头可能
让人回想起；而房屋矗立的地方
仅仅立着破碎的蓟草。

并非**灾难**在那里

挥动送葬的羽毛和横幅，

也不是阿特里迪[1]式厄运用无眼睑

女怪的凝视恐吓心脏；

而是抱着的蓝桉变黑，空气阴沉，

由于游荡的死去的欢乐幽灵。

曾经昏暗被里面

亲切闪烁的炉火之光劈开：

坚固犹如他们的希望和避难所。

哦时间，时间将存在的本质

带进陷阱里！如今暗淡而细如蛛丝

他们的生活织就的网。

（1950）

1　Atridean，古代共和国。

不朽者

一本旧书里的一行；

一绺死去的头发；

心智之火遗留的

灰烬，一根变黑的烟囱。

何处是那秃头的恺撒 [1]

纨绔子弟和将军，

固执的、独创的？

如今少于风的夸谈

红色休 [2]，小约翰 [3]，

用枪太灵巧了；

土块盖住了好色

粗颈的艾尔郡 [4] 人

他们将大炮送给法国人——

谁将替补他们？

如果我能用五边形、蜡烛

1　Caesar（公元前 100—前 44），古罗马政治家、军事家。

2　Red Hugh，指 Hugh Roe O'Donnell（1572—1602），爱尔兰提尔康奈尔国王的儿子。

3　Little John，传说中著名侠盗罗宾汉的手下。

4　Ayrshire，位于英国苏格兰西南部。

推测幽灵、肢体，

因为他们处于人类盛年，

我们将畅饮直至真理

在玻璃边沿闪光；

在鸡鸣的决断之际

计算值得过的夜晚。

但真理过时了。

为何一个人应该

绞尽脑汁去写诗、干重活？

一点一点累积

走在平坦的街上：

将门和窗密封

当风变得猛烈。

（1951）

保卫罗曼蒂克之爱

"那是你所困扰你的
不在里面" ——
那么哈代 [1]，在心之绝望的
学院里训练，
他认为我们最珍视
所知道最少的。

我能一口气说出那些
在我脊柱上弹奏一曲的人。
这曾是一朵玫瑰；那
可能骑着一匹跳舞的种马：
但伤害我心的
不具有世俗的特性。

金发和眼睑的颤动
可以装饰情人的灯
如博学的巴甫洛夫 [2] 所写，
因为腺液不断喷涌；
但他全部粗俗的自豪之处

1　Hardy（1840—1928），英国小说家、诗人。
2　Pavlov（1849—1936），俄国生理学家。

约翰·托马斯乃独眼。

让无人在弄脏的床单上
贬低心灵之声。
莱斯比娅[1]是一个娼妓；
贝雅特丽齐[2]抠了她的鼻子——
可是爱，使所有的发酵，
证明不可能者。

在阵痛中证明它——
老僧侣们说过
基督涂抹了身体
然后被挂在十字架上
去断言从不被知道的
事情，如我们身体的同类。

（1951）

1　Lesbia，古罗马诗人卡图卢斯作品里的人物。
2　Beatrice，但丁《神曲》里的人物。

博斯卡斯尔 [1]

是的；我很了解那陡峭的街道

倾斜地垂落在长满苔藓的屋顶间；

商店的柜台旁他们售卖

明信片；在车辙里被马车磨光的

　　鹅卵石——也许我能说出

气孔如何像一支信号枪

喷向狭窄的港湾。

我孩提时去过那儿；但没人

告诉我一种罕见黏土的铸型

　　已经行走在太阳底下。

被风吹的石板蓝蝴蝶

我见过，但没有驼背人

带着巨弓，独自站立

幽灵一般；而从那以后，按照时间的计划，

　　他的痛苦似乎成了我自己的。

廷塔杰尔 [2] 旁边的悬崖顶小路

1　Boscastle，英格兰西南部康沃尔郡的一个海滨小镇。

2　Tintagel，英格兰西南部康沃尔郡的一个小镇。

突然中断于一处险峻的边缘

在那儿水手模样的礁石愤怒地呻吟

海鸥唱着死去的特里斯坦[1]的挽歌——

  给没有后续的跛足者。

一个孩子的纯净心智反射这景象。

我睡觉，吃饭，阅读和谈话

没有生命的流动的感觉：

哈代曾走在那些石头上的事

  那时我并不知道。

（1951）

---

1 Tristan，亚瑟王传说中的骑士。

幽 灵

旧房间里的新面孔

　我遇见；彬彬有礼地谈论

这个人的瓷器，那个人的秋花；

但幽灵们每天、每夜拉我的袖子，

　从我记忆的坟墓里开始。

　"那首《年书》里的诗，

　　措辞优雅，"一个恭维说。

我宁愿激起了一个声音，投向

我的一瞥，来自那些我笨拙的言辞很少关切的人！

　遗忘的磨坊收留的人。

（1951）

塔拉斯月亮

蒂姆和我踉跄在
粗糙的塔拉斯小路上
（我们共享着车站棚屋）
我们烂醉如泥跌跌撞撞
像麻袋里的白鼬
乱滚在一起，
那无路可走啦。

我知道她不来自灯笼
或升降机里的一团火焰——
在她的墓地轮班中阴冷
赤裸、无价值的荡妇，
死亡女王从山上云气的
裂缝里怒视，
行走在荒凉的空中。

"成熟的古旧的"她的特性
来自一面西西里岛[1]的墙壁，
两条蛇织就的一根绳子

1　Sicilia，意大利南部的岛屿。

在她中间的周围：创造物

吃掉了我们腐臭的希望：

恶毒的大自然的镜子，

纯洁美丽的狄安娜。

"她像我的奶奶，但在

一堆白垩旁更老，"蒂姆说。

在磷光下的附近小屋里

清楚地照着草丛和巨石

仿佛人们已经死在

埃隆山[1]山肩的下面

我们逡巡在那儿发呆。

（1947—1951）

---

1 Mt Iron，或译作"铁山"，在新西兰南岛瓦纳卡镇。

长发姑娘

一部六声幻想曲

他　　（在窗边）

哦，长发姑娘

放下你的金发！

监视者会怎么说

如果我沿着楼梯

进入你的卧室。

她　　你攀爬时安静

因为我母亲那个<u>巫婆</u>

总是睡得轻浅。

他　　她将受不到干扰。

因为我带了一根欢快的

长笛，让所有女人

静默——我发现了它的魔力。

（他们会面，接吻）

她　　噢，给我看看。

他　　看，它是银质的

自己发声，
折起来像短剑
在我腰带旁边的下面。

她　　到我的长椅上来，在那儿
　　　给我吹奏一支长曲子。

（孔夫子的鬼魂出现）

不允许任何人搅乱
礼教规则。

他　　别担心，我们会按章办事
　　　虽然我的前额出汗了。

（佛陀的鬼魂出现）

明智点，因为伴随明天
到来的是白昼和悲痛。

两人　今晚我们是明智的
　　　因为我们发现了
　　　给七重天之下孤独者
　　　的唯一涅槃。

（耶和华的鬼魂出现）

在我的律书里
这种事情是被禁止的。

她　　　哦，喇合[1]是个娼妓
　　　　大卫王暗中惊叹于
　　　　拔示巴[2]的沐浴；
　　　　而我们是厄洛斯[3]的孩子
　　　　没有书可以敬畏。

（另一个鬼魂）

孩子们，善待
彼此。

两人　　我们会的，别担心。

她　　　我想我听见我母亲了。

他　　　那是窗户嘎吱作响。

1　Rahab，为多个人名，此处当指《圣经·旧约·约书亚》中的妓女喇合，因善待了约书亚派遣到耶利哥城的探子，而在该城遭毁灭时使全家获救。
2　Bathsheba，《圣经》中的女子，本为大卫下属军官乌利亚之妻，受大卫诱奸受孕而生下所罗门王。
3　Eros，即古希腊神话中的爱神。

她　　　夜晚不幸被浪费在

　　　　将谈情说爱精细化

　　　　伴随着智力辩论……

他　　　安静些。黎明正破晓。

　　　　　　　　　　　　（1947—1953）

在一去不返之火中

(1958)

塞拉芬

我，塞拉芬，阿索斯山[1]的隐士，

在海的咕哝声之上三百英尺

独自在一个岩石棚，麻雀的避难所

有一条石椅，一尊圣像和一盏灯，

在绝对时日之眼的审判中

等候我的死亡的时刻。

我，塞拉芬，曾是迪米特里奥斯[2]

谣曲的歌者，窃贼和演员。

主啊，让这些肿大的关节，被鞭子打伤的脊背，

因泪水和冰似的禁食而变弱的眼睛，

成为可接受的祭品，悔罪者的标志——解救，

哦主，我活着的灵魂！

这个声音，他的圣诗震惊了海鸥，曾经

在酒馆赢得了银币和掌声；这些膝盖，时时

弯曲着，深陷于妓女大腿

张开的香床。在亚历山大[3]的花园里，

1　Mount Athos，位于希腊哈尔基季基半岛的东南部，被称为'圣山"。

2　Demetrios，即迪米特里奥斯·帕里奥洛加斯（1407—1470），拜占庭帝国帕里奥洛加斯王朝"流亡政府"的皇帝。

3　Alexandria，埃及港口城市。

在贝鲁特[1]的妓院里，在巴比伦[2]的泥泞中
我看不见的敌人获胜了，践踏我。

直到"一"在黑夜到来，那个牧羊人，从我
身上清除掉燃烧的赭石。让**他**得到赞美：
单独与**他**在一起是力量。我醒来，迅速
奔向阿索斯山的岩石，避开
所有暂时的美，墙和葡萄园的慰藉
在**他**真理的荒漠中赞美**他**。

阿索斯山上看不见也听不到女人，
没有雌性事物，不，不是一只隐居在
修道院屋顶的鸽子。在这个荒凉的地方
过着我的隐居生活，我只在黄昏看见
那个人的脸，他给我带来水和岩饼，
跪着接受我的祝福，然后，一言不发地走了。

但夜晚时一个声音在风中来临，一个幽灵
折磨我，用火触摸我变老的腿：
一个从士麦那[3]出来的海少年。有两年我们
生活在非法之爱里，一起行窃和饮酒，
直到他离开我，为了一个富有的黎巴嫩人

1　Beirut，黎巴嫩首都。
2　Babylon，位于美索不达米亚平原的古国。
3　Smyrna，今称伊兹密尔，土耳其西部的港口城市。

为了一件新大衣和开罗的别墅。

用石榴的嘴，用茉莉花的皮肤，

用像冰冷花朵的眼睛，用橄榄树般结实的面颊，

用堕落的血，用一只黑豹的背叛。

两年里我们充满纷争地生活在一起。

在他的肉体里我拥抱年轻的许阿金托斯[1]的肉体，

在午夜和清晨之间他依然嘲笑我。

（1952）

1　Hyakinthos，古希腊神话中太阳神阿波罗所钟爱的美少年。

年终哀歌

在年终我来到我父亲的屋子
热情果实在敞开的门道上悬挂金黄
园林树木弯腰向着来访的鸟儿：
    这是首先进入我心里的
单个幻象，当去一个满是灰尘的房间
进入了完全暴虐的天空之风。

木炭熄灭了；安静的灰烬残存着
疲惫的精神和变粗的身体懂得那个。
    有着波浪形屋顶的小镇
在低矮的火山山脊
与蓝色鳕鱼咬食的近海礁石之间，
从流亡的外壳，卑微地，我来到你温柔的监禁。

在一位年长伯父临终时的床边，面对
乡下表亲们我读到了痛苦的图表。
    这些人已经忍受了人们共同保持的，
习俗的十字架，刀子的婚床；
他们消瘦的脸反射了他的
他的身体僵硬地躺在床罩下面。

一个人可以再次走到渔人石，听着
长长的波浪翻滚，从美洲漂到
海藻床托起一轮苍白太阳的地方，
　　但再也见不到绿色阿佛洛狄忒
升起来美化正午。倒不如索福克勒斯[1]的
合唱：一切将被带走。

或者无聊地站在褐色潟湖旁
谨慎的羊群去往他们闹鬼的山坳，
羡慕园子里公鸭的鲜艳性感的羽毛。
　　因为单个幻象消失了。精神和肉体在无爱的
国度分离。我们被遏制的激情
屈从于重新服侍熟悉的社会恶魔。

指示是来访的天使。在饥饿的走廊里
我们缠绕的生命遭受了普遍的疾病：
活着和死去，呼吸和产生。
同时，在屹立的茴香下的残缺墓碑上
活动着欢快的蜥蜴，喜阳，沉浸在
　　动物愉悦的瞬间。

（1953）

1　Sophocles（公元前 496—前 406），古希腊悲剧作家。

主人和陌生人

我被火割裂的日子之镜
它背后的陌生人
忠实于锁在棺材
骨里的最后灰烬，
躺在错误的夜晚
我听见你的冰竖琴
自咚咚作响的坟墓召唤
没有垂死的夏季之歌
亚当的用血标记的领地，
只有未尝试的
爱的审判石。

带着剑和镜子的陌生人
在我混乱的日子中间，
用你的双手的恐怖
将死去的蠢念击倒。
没有美好年纪的梦
来自审判石的叹息。
告诉我必须知晓什么，
粉碎了大蛇之梦，
而在她蔽目的房里

黑暗的发明物移除了

按日付酬的爱。

（1955）

向失去的朋友们致敬

驭云者们，陪伴
所有清晨的混合器，
太阳葬礼上
卷在鞍状号角上的绳子，
沉睡在一块梦石的
隐蔽的山谷里。
身着血衣你与我
在正午走着。

在心之被践踏的丛林里
光的指引被投掷。
摔跤手们折断了
刺进胸膛和腰部的爱。
在他们激动的
谵妄和赭石沙地上
风之手拂着
带来临终圣餐。

波上行者们，在黑暗
边缘，被梦所吞噬，
醒来时看到时代的伤口

和枯燥的困境。

我们的心被拧小。

风暴钟和葬礼钟

将全部遗忘的愤怒

洒在沉没的圣杯上。

（1948—1955）

小丑的外套

十月；变白的梨树在我
开着的门前举起它无知的美。
这干枯的知识之枝将披上树叶
或灵魂，设想她为之而生的夏天吗？
也许会；强大的救世主的气息
猛烈地吹过我的死亡之灰。

造物者，在岁月的铁砧上，
主之光，锻造着我的心，一枚有力的刀片
来自黑而冷的铁——你知道我的恐惧；
我为你苦过[1]，你做成的肉，
从黑暗的牢房。进来，照亮；
在我坟墓里闪耀；击打窄门。

不，温和是他的路；鲁莽的口舌
祈求着真理把傻话说给黑夜。
他胸脯上的燕子将喂养她幼小
而胆怯的孩子们，睁眼看见晨光
不再害怕恶魔；因为他已摧毁

1　原文为拉丁语：Ad te clamavi。

傲慢之人的塔楼，剥夺狮子的力量。

我带到那洞穴和木制马槽的
不是乳香，而是我穿了十年
抵制我白天之国王的小丑外套。
山羊的贪欲、狼的愤怒撕开了
这些洞；然后用针缝上骄傲的补丁。
他将在正午时分穿上它。

然而这至多是平常技巧。
我没有称赞我的带着半字和一颗
冷漠之心的冬天女主人——
以最后的痛苦的狂热
我的歌声热情而响亮
在巴比伦取悦可怜的人群。

在狮子的无可比拟的威力中
我心的一半与死者联姻。
梦游者，悲伤的奸妇，
在午夜拥挤在我床边
问道——"噢什么样的新面孔
从我们中间带走你，留下一个空位子？"

在他们和我上面同一张面孔在发光。
拉撒路，贫穷，安全地躺在家里

远离狮子的威力和无星的坟墓;

虽然小狐狸毁坏了葡萄藤,

小丑和国王, 世界的喑哑之夜,

来到相同的客栈。

（1955）

穿越库克海峡 [1]

夜晚明澈，海宁静；我来到甲板上
为了舒展我的腿，也许碰到
闲谈，一个穿绿衣的女孩懒散靠在栏边
或者正好测程仪线齐平着一股无声的尾流。

轮船在海峡的弯管里摆动。
"海豚！"我喊道——"让真实悲伤的维纳斯
升起骑着她的鱼群，像以前那样教我自在地
惊叹和游荡，快乐而从不后悔。"

但在信号灯般的星星下夜色渐浓。
在黑暗的船头，对着平坦的海，
站着一人，我没有预料却毫不惊讶地认识
如被无爱岁月塑造的可怕的雅努斯 [2]。

他的军人外套；他的野性姿势——
"幸会，"他说，"在陆地旅行中
从混沌进入光——光之所是

1　Cook Strait，位于新西兰南岛和北岛之间，因英国航海家 J. 库克
曾到此考察而得名。
2　Janus，古罗马神话中守护门户的两面神。

123

包含了我们的危险和目的，未揭示的历史。"

"先生——"我开口。他用钢铁般的言辞说——
"我是塞登和萨维奇[1]，社会主义者创始人。
你只是在我狄奥尼索斯的面具下认识我
在酒吧里被截肢，被车轮肢解。

"我在我国内的坟墓里醒来听见一声
要面包和公正的呼喊。不是在这儿。
那声音细微地越过波浪来自中国；
堆在我墓地上的石头几乎把它挡在外面。

"我高兴地往前走去寻找愤怒的穷人
他们是我的国民；却发现了
贪食的海鸥在争夺面包屑
而政策在锁着的门后被制订和破坏。

"我观察到诗人们也在做交易。
我看见他们用艾草烧出光辉[2]。
爱是他们书页中所匮乏之物，
为另一个人的痛苦而悲伤的香草被压碎。

---

1 大概分别指 Richard J. Seddon（1845—1906）和 Michael Joseph Savage（1872—1940），两人都是新西兰历史上影响甚大的政治家，前者曾任新西兰总理达十三年，后者为新西兰工党创始人之一，曾任新西兰总理。

2 Brilliance，亦可译为"（名声）煊赫"。

"你们国内的安宁孕育着内在贫困
那寻求变化的恼怒。亚当的幽灵
在客厅里恶魔似的喋喋不休
将一饮而尽伴着加糖茶的毒药。

"你们给你们的穷人喂水泥。他们好使,
不要求第二顿饭、投票、在澳新军团日 [1]
在公共厕所里致以沉默的敬意;
只是由一股蘑菇气味暴露了死亡。

"我的忠告是朴素的。愤怒是给
穷人的面包,他们的枪比公正更精确,
因为他们的爱没有腐烂为冬天的霉菌
并且希望为死者中间的力量祝福。

"在凯坦加塔 [2],矿工落下的汗
唤醒了煤矿缝隙间化石般的花朵。
文员放下笔,拿着他的外套;
他今天不会回来,第二天也不会。"

以一个含糊的敬礼他离开了我。

1　Anzac Day,为纪念"一战"中死于加里波利战役的澳大利亚、新西兰军团将士而设,在每年的 4 月 25 日。
2　Kaitangata,位于新西兰南岛的南奥塔哥地区的一个小镇。

轮船驶进了一片更强大的海
活生生地被流动的历史海峡中
粗暴的爱之神秘所棒击。

（1947—1956）

我的爱迟迟走在

我的爱迟迟走在雨的白色廊道里
我中断了言辞，尽管夜晚的许多
话语嘲笑着，月亮的骨场般微笑

触及我们歌曲的新生小枝的痛处。
看见并相信，我的爱，鲜亮谷物
迟到的产出，从艰难的喜悦里拧出

丰收的火花。我的心是一片敞开的田地。
在那儿你可以完全迷路或自在地站立
不用担心巨人的骨头和破碎的龟甲

或者任何锁在一块雷石上的藤蔓。
不要害怕，在被叉起的谷物里，我的鹰
独自向下飞到你长出羽毛的睡眠里

迎着一股叹息之风跨过血色。
让他在你真实的梦的中心移动，
我的爱，在你双眸后面希望的巢穴里。

我歌唱复苏的光，向着雨的竖琴，

黑色的有病斑的莠草，明净的凤凰之光
我迷失在时间的喧嚣和燃烧的坟墓中。

今夜我的爱走在丰收的廊道里。

（1953—1956）

在一去不返之火中

当蓝桉树传说焚烧成
夏天的灰烬
在一去不返之火中
在牧场和那容纳了
肉体之厄运的哭泣的褶痕上，
我爬到巴尼的布道石
在那里海的廊道奇冷
在一去不返之火中
而有鬃毛的浪花赞美
太阳的死亡时刻。
我向波浪和鸟儿打开
我悬崖岁月的圣书，
向那横过西部之前额的
盐灰色苦槛蓝树枝，
向朝她不能拯救的众生
微笑的金星的神圣之星，
男人，野兽，鸟儿，情人
在有春天欲望的果园里，
年迈的隐士在冬天的火堆上，
所有在聪明陷阱里的肉体伤害，
在一去不返之火中

被空中王子之力所折磨。

我故乡的父亲们

把天使和冰冷的瓦罐

放在沉默小溪的田野里，

从苦槛蓝的褶痕和结实的蕨类

将它们邪恶的眼睛对准我的，

告诉我世界被创造的这一天。

我听见在叶和壳里

被扔在黑色栏杆上的溺亡

水手的声音，带着一股酒味

从迦南[1]的筵席呼喊。

爱如何折磨他死亡的余烬。

而来自圣洁房间的隐士

我注视我的兄弟

鹭鸶王从他

当风的岩石上

下潜到低处的潮水中

那里海水贫瘠，古老的螃蟹和帽贝，

对着复活雷声叹息。

夜晚的沙丘中间，到处

都有的羽扇豆阴影里，缠绕在

金星的肉体之星下恍惚的情侣们

1　Cana，巴勒斯坦北部的一个村庄。

130

漠视空中王子的力量。

他们命定的肉体适于一个永恒的夏天。

（1956）

返 回

来到岩石这儿，请求原谅，

到驼背的路并游荡校舍

在那里孩子们把沥青锤进洞里。

带着雷电的金星睡在

破旧的沙丘上，在灰色的母亲般的

大果柏树枝里。坚硬的火星，

中土世界[1]的恶魔，患麻风病的

陆地啃噬者，是一个有着

流血的鼻子在沟里打滚的男孩。

多么迟和陌生，来到童年时期

封住到来者的石头这儿，

那里曾经是明确的安宁或痛苦。

怀旧，比希望更清晰，

洗过的鲜亮的石英颗粒

来自层叠的海石，保证

被鸭子划动的肮脏河流从

取之不尽的泉里涌出。来到

寒冷的牧场，被一股大潮

堆积在海边的海藻的堤岸。

1　Middle earth，可能指英国作家托尔金（John Ronald Reuel Tolkien，1892—1973）小说中阿尔达世界最重要的一块大陆。

我没有才能记下

一次迟到旅行的冒险

——为了找回失去的全景。

离这儿许多里我的青春在

北方的大杂院死去，被无形的

谵妄与惯性贪婪之衣所扼杀。

但在此处闪耀在我们骨头之间的群星

似乎闪耀在通往无人从那里

生还的迷宫入口，在蘑菇环上

比绵羊咬过的草的绿色更深，

在南部海滨的泡沫带上，有房屋

里面一些人入夜后仍在

修剪一盏煤油灯的芯头，守候

沉溺于喧闹酒吧的儿子们和父亲们。

从一个虚假的季节被解救到

内心的自然的冬天

一个人可能以人的全部重量

踏在贝壳、石头和海鸟的骨骼上。

（1956）

在纳皮尔 [1]

在随意扩展于地震海滩的纳皮尔，
看着你的孩子们踉跄在黑如
燧石的砾石上去沐浴。向后
注视的眼睛将伪装悔恨
从他们在绚烂的光中生机勃勃的
金色手臂和柔软身体。
脸朝下，你旁边的妻子将
她的性在夏天的烤箱里
做成面包，褐色的面包，
圆桶在一道熟悉的门口，
精确而真实，消除戒备的肉体。

忘掉你的三十年，那搁浅的
被海水劈开、被火熏黑的原木
在激浪中翻滚：再次
进入宽大的游乐场，
射击亭和镜子迷宫，
当时辰像硬币落在桌布上，
生疏、未完成的青春

1　Napier，新西兰北岛霍克斯湾（Hawke's Bay）的港口城市。

国度恢复，而群星刺入了
轻风抚摸下的雕像的骨髓。
很多天，很多天
你是一个不会治理的国王。

如希波克拉底 [1] 的微笑般的平静
在新死的一张张脸上，
月亮，跋涉在明亮的云海里，
奖赏郊区人们寒冷的睡眠，
以一个加深的吻淹没了痛苦。
一贫如洗的妻子们将如何
在起皱的亚麻布下搜寻
发现丢失了什么，性的珠宝
或者圣洁？满潮
或者传送那些睡在云巨人
力量中之人的第七波浪将如何
从炽热的地球和用针缝的天空发出呼喊？

（1957）

---

1 Hippocrates（公元前 460—前 370），古希腊伯里克利时代的医师。

135

在霍基昂加 [1]

绿色的漂浮着的红树荚果显露出来，
被从滞后的潮水中摘下，它们小小的
如人在船中似的，核与阴蒂：
自由地浮游，它们爬过了一百座海滩，
在夜晚般黑的淤泥里发芽。说吧，
历史学家，破碎的一群如何复原
在一片干涸之井的大地上，从那
巨大的破旧的首都向北
像一件外套被扔在园地上腐烂。

在尼考棕榈 [2] 覆盖的房屋里，
害怕着死者，骑着无鞍的
山地种马，那些在我们之前知晓
生存秘密的人，保持耐心，
受苦，没有关门，
将所有事物变成他们的习惯，用
树枝叠着树枝架起厕所：
在柔顺的胸脯旁受滋养，仅仅希望
与朋友们饮酒，拥有一只舢板。

1　Hokianga，新西兰北岛的一处海湾。
2　Nikau palm，在新西兰发现的一种棕榈树。

刮去死者的骨头，多么必要，

以免他们会行走，消除健忘

用庄稼上的枯萎，家里的疾病。

在拥挤的地面传教的父亲们

淹死在河流渡口，搁在一张床上，

这时一个男孩用亚麻砍成一艘灵舟

完美，轻如一只鸟的翅膀

乘着水的空隙

无师自通的，整整一小时漂流。

（1957）

在阿基蒂奥 [1]

留意这蛮荒的海滨，
旅行者，已经失去了恋人
或朋友的你。它从未用
任何东西做出任何东西。
啜饮在这些苦涩的泉边。

一个女人在河口钓鱼
用她母亲用过的钻海石
作为钓锤，当大卡瓦鱼过来，
当潮水挤向时间的源头。
这海岸是抢劫团伙的庇护所
他们在厨房里焚烧死去的族长。

地主，直背的骑手，建立了
悠闲生活的社会风气，
草地，带角的会堂 [2] 和台球室，
从巴黎带来的玻璃烛台，
倒塌在田地中间的家宅。
下马后他们睡觉。

1　Akitio，位于新西兰北岛。
2　原文为毛利语：marae，是毛利人举行各种重要活动的集会场地。

一个戴着鲨鱼齿项链的女孩

那牙齿是他们从朝南的沙崖挖出的，

斧子和折断的针。

被霍乱烧死的儿童们细小的骨头

在平板和十字架下保持完好，

被剩下的一丝不苟的护士摆放整齐。

如同一条更大溪水的支流

你的单个的悲痛现在放大了

红薯[1]花园里夜晚的嗓音，

灌木鸽子的祈祷。

在牛横渡时淹死的人，

被跃起的马颠簸和踢击的人——

没有忏悔地死去，指望

他们的牙齿里没有圣饼——

泰太草装饰他们的祭坛吗？

他们被安全地容纳在海的圣杯里？

这片被冲刷成堆的土地，背负着

沉默，以及太阳在

浪花的合奏之上的凝视，长得

比爱的痛苦快。喝吧，

旅行者，在这些纯净的泉边。

1　原文为毛利语：kumara。

不过，记住有着公牛嗓音的
水的初期强度，当帆桁断裂
鳗鱼紧挨着堤岸，原木
陡然跌落并刺破河的处女膜。
记住被掷向螃蟹洞穴的
铁色的牛颅骨，
被泛滥的河水堆放在长长
沙滩上的浮木，受到重创的肢体
和红背蜘蛛在那儿繁殖的腰部，
一片宁静海边男子的形状，
我们短暂狂热的象征。

然后从海的暗礁上捉住
龙虾放进大袋里。不是现在而是以后
想想你为何而生。喝吧，
孩子，在睡眠之泉边。

（1957）

给一位旅行中的朋友

朋友，另一个自己，一点钟
在砰砰作响的船里把你的外套
挂在客舱门上：想着瑟茜[1]怎样
引诱，用歌声，然后用岩石之眼。
我们死于脐带缠绕喉咙。
没入黑暗中持续旅行的感觉
攫住你，犹如威士忌攀爬感官，
如同一个国王登上处决垫木。

萝卜们（上了盐）表达了她对
爱的愿望，超出了她管家的财富；
被剥了皮，在一只有盖的盘里。
后来，仿佛透过镜片被看到，
午后宽阔的蟹状洼地
受到潮汐热烈而粗鲁的抚摩：
离开了大床上皱巴巴的床罩
你穿衣，想着——"性毁掉了它自身，
一块疤痕让伤口所在处变白。"

---

1 Circe，或译作"喀耳刻"，古希腊神话中的女巫。

在德文波特[1]，你的手从一个
玻璃壶里倒啤酒，在帆布雨篷下，
向后倾斜的椅子，牡蛎的壳，
捧腹大笑，这时群星暴怒……

我们能用截肢的拇指，紧握希望么？

那些粗野的男孩终结在何处？在带家具的房间里
很多人啜饮毒芹汁。一些，一些人
躺着如冰上的麦秆，被
有着蜘蛛脑袋的情妇哄骗。
保护好我给你的小小黄金十字架，
这些友谊的含糊在树叶
变绿的早晨被剔除。
倾斜的码头上的光在减弱，夜晚
将她的手指按在变红的眼睛上。

(1957)

---

1 Devonport，新西兰北岛的一个海港城市。

为神圣的星期六而歌

当他的眼泪血一样淌下
我睡在自己的衣服里

当他们用芦苇击打他
我开了一个机灵的玩笑

当他们给他一件血衣
我称赞了她裙子的颜色

所有上山的路
我们在拼命地笑

当他们行驶在指甲里
我听着冷酷的吉他

当他们给他胆汁喝
我们啜饮着相同的酒杯

当他在疼痛中大声叫喊
我们在扮演犹大

当大地开始摇晃

我们拉上了床罩

完全坦白和宽慰

我来到午夜的人群

在痛苦中孤独死去的你

让我心碎让我心碎

神恒久无终 [1]。

（1958）

1　原文为拉丁语：deus sine termino。

圣 殇 [1]

"记住，"你对迭戈说，

"沿陡峭的小径爬上特佩亚坎 [2]，

漫漫长路永不会帮助你。"

在另一时间对另一个人——

"我是躺在三位一体之怀里的她。"

今夜这些话如雷霆般响在我心里。

让我说说，女士，喝醉在

烤肉馆里的嗓音，在沉沉

黑暗中破碎的无名之脸，

一个它痛苦的夜里无力的世界。

仁慈之母，安慰带着孩子的女孩

她太相信说空话的情人。

公平之镜，照耀在黑色牢房里

窃贼们在那儿均分最后的烟叶。

穷人的女王，旁观我们有疤痕的手，

我们被机器磨出了老茧的灵魂，

---

1 原文为意大利语：Pietà，即圣母哀子像。

2 Tepayac，或作 Tepeyac，墨西哥城内的圣山，传为圣母显灵处。

我们被截断的所求太少的需要，
一块在劳埃德[1]的毯子或一份双赢。

女士，在一片信仰死去的土地上
你的儿子在你众多孩子们中受苦。
冷酷进入了麻木的心脏。
我们已经拥有**他的**疼痛。给我们耐心，
极贫者的耐心，像
麻醉城市的石头间的草那般生长。

（1958）

1　Lloyds，指英国四大私营银行之一的劳埃德银行。

岁月之歌

当我从母亲的子宫出来
争辩[1]是我的名字。

哭泣着希望着恐吓着
超越自己我没有王。

我吸入每个时辰的气息
第二次死亡的灰色尘埃。

而我的童年时光花费在
我日益忠恳的维纳斯。

小小的震颤唤起又消失
在我骄傲的山峰里面。

在绞架车上唱着歌
创造的美控制我的心。

土豚和野驴

1　原文为拉丁语：disputandum。

拴在我的墓穴旁。

在那深窝里极乐之王
打碎我的心而给了**他的**。

"拿着这个作你的厄运和忏悔，
永远快乐，看在我的分上。"

他给我一块白色石头，容许
我的真实名字写在那里。

无穷无尽我会说，
赞美你，主啊 [1]！

（1958）

1　原文为拉丁语：laus tibi, Domine。

给一位死去的朋友

在一个极喜欢的艰苦日子
离开了登山者小屋,然后
睡在雪中死去的你,
第二十个独居之年开始了:
伴随疼痛的病人,我惦念你
夜晚桌边的面容和嗓音
在那儿你在烟雾中创作故事。
你来自古代监狱的
狮子一般的凝视激发了我
由此你的心灵学会赞美。
书本里的行句正在褪色。
你拥有我所渴望和害怕的,
热情,乏味,还有我们的
托词被剥光之处的暗黑。
当你强劲的诗篇在你此刻
等待的昏暗土地上不起作用,
设法应付,用一个朋友的祈祷应付。
我握住了盒子的手柄
在你的身体滑过去焚烧
变成火葬场的灰之前。
那个黑人歌手没有错:

我将看见肉体中的你。

亲爱的孩子，常常发怒的朋友，

把你的重量靠在我的肩膀上，

带去我的痛苦用于绷带，

带去我的祈祷和我的希望

用于冰封斜坡上的鞋钉。

太阳自身将熔化你的镣铐。

你会来到一座明亮的小屋

带着马力、慰藉和美好的歌唱。

在这苦难的处所，

在这人群的国度，

我们过着同一种生活，朋友。

我跪下以获得你的安宁。

（1958）

豪拉桥

(1961)

旅　程

当时，他们来到长长的轮船上，把

酒袋装上船，取自长满莎草的小溪的水，

带着红苹果，蜂蜜采自野生蜜蜂贮藏室

由牧羊人从乌鸦筑巢的峭壁搜寻得来

在那儿常春藤埋葬了暮色，蜘蛛常年

守夜。所有这些，女神的礼物，在

桨手的座板下面猛烈晃动——怒吼的公羊也如此

黑母羊，扔在它毛上的盐片变干了。

伴随着握手、唱歌和流泪，他们

离开了埃埃亚岛[1]，有柱顶石坡顶的绿岛，

他们令人昏昏欲睡的盛宴之岛。随着从不的声音，

船龙骨刮擦在沙上，停泊，摇晃在灰人[2]似的波浪上。

呻吟着，多排扣，这个巨物铺设的路线

向西，危险地，通往无太阳的辛梅利亚大陆[3]

和哈迪斯[4]的沉默。所有的眼睛朝回看。

只有奥德修斯，站在船头，不转动也不说话。

1　Aeaea，古希腊神话中的一个神秘岛屿，住着太阳神阿波罗的女儿瑟茜（Circe），奥德修斯曾在岛上待了一年。

2　Greyman，苏格兰盖尔语中的一种幽灵。

3　Cimmeria，位于辛梅利亚板块的一个小型史前大陆。

4　Hades，古希腊神话中的冥王。

像一只穿过日光和黑暗的暴风鸟

她消失了，一条蛇在她卷发后面醒来，

黄铜盾牌似的太阳，或湿冷的夜雾飘移着，

直到在低语的死亡的边缘

他们上岸了，在那儿白杨和悲叹的柳树

落下了它们的空种子。在那里做了

献给珀耳塞福涅[1]的祭品，撒下白色的大麦。

死者聚集起来，像飞蛾，带着怒气和啼声。

（1952）

1　Persephone，古希腊神话中的冥后，即冥王哈迪斯之妻。

飞往德里

在泰国，水上栖居者之歌，
河流如蜥蜴铺展着
褐色的泥沙汇入大海。
湿气在一只手的洞穴里。
诱惑我，以
硬床垫上的玩牌，竹条
之间的光。这样的爱是违禁品。

在一间用于过夜的房里
冲洗胸脯和大腿。穿上
宽松的睡衣裤。失眠地
躺在巨大的风扇下面。
我知道不需要的帮凶
一些天上或水中的魔鬼
在拧着心智的锁。

光最终会来到黑暗的房间
在那儿失明的灵魂朝它自己的梦魇
咕哝，"我是。"正午睡在

辣椒藤下的果阿[1]牧羊人
被活捉在泽维尔[2]的微笑里，
有钻石丢失：但此处
埃及的黑暗逡巡在阳光下。

七场瘟疫。乌鸦的黑喙。
身着灰色宴会套装的兀鹰。
裙带关系和被遗弃者的残肢。
滚动在心脏上的西西弗斯之石。
我必须懂得的这些伤口：
这个榕树和猴子的国度。

莫卧儿人[3]坟墓里的无家者
不能失望因为他们并不希望，
在巨大的裂开的星形轮上
露出了一个在梦里
谋杀之人的悲惨的天真。

十字架在这里被蒙上了集市的灰尘。

(1958)

1　Goan，果阿人是印度西南一地区的居民。
2　Xavier（1506—1552），西班牙耶稣会牧师，曾到亚洲多国传教，去世后尸体葬于印度。
3　Mogul，印度穆斯林的一支。

豪拉桥 [1]（给妻子）

高于古特伯塔 [2] 的楼梯

这些铁质横梁压迫着鹰的巢穴。

裸露的后跟将慢慢把它们打出凹痕。

涨水的冈加河 [3] 的肌肉在下面

流动，带着垃圾货船，

桨橹和帆篷，许多生命的掠夺品。

在这个不眠之夜我的思绪

是从一个铁盘坠落的黍米，

而你，亲爱的，在德里躺下来

从另一扇门进入相同的房间。

卢比神已经践踏了这里；

穷人乞求一个马克思主义笼子。

龙种，搁在门道的杂乱的

一大堆也许有一个红辣椒，

一把磨碎的玉米。

饥荒国王统治着。贩子和喝醉了的妓女

1　Howrah Bridge，位于印度加尔各答市，耗费六年（1936—1942）
建成，为该城的标志性建筑。
2　Qtub Minar，亦称 Qutab Minar，位于德里南部，是印度最高的
石制宣礼塔。
3　Gunga，即恒河。按：确切地说，豪拉桥下面的河流应是恒河的
支流胡格利河（Hooghly River）。

157

她的爪子拉扯着弄脏了袖子，
审判天使，剥着灵魂的皮
直到怜悯，只有怜悯保留。

他们用我的伤口做成了星星：
每一颗是一只注视你的眼睛。

（1958）

雕刻师

穿过鱼和牛的群落
来到恶魔的沉默
靠着一条陡峭、危险的小路，
忽略了出汗的衣服和这个
扇椰子树下的
巨石之镇里的麻烦事。

看。黄蜂已在飞檐下
用褐色的乱涂的黏土筑好了巢。
螃蟹紧贴着平直的木块
跟随每个新的拥挤的波浪。
他们，有耐心的雕刻师
他们大量的乐曲在这儿绽放
来自砍成的云和鼓胀的水，
不顾向导乏味的唠叨
让我们知道是什么。

黑暗精灵，他们的指导者，
由于它我们无眠的渴望燃烧着，
在偶然的迷宫里发光，
引爆了我们生命的碎片。

那娑度[1]在有芒果般乳房的

提婆[2]中间一点也不窘迫，

他的侍者宝座，那是我们的——

或者被星河照亮的

阿奎那[3]的伟大午夜吗？

两个头目[4]的侍童抓着天窗

那是毗湿奴[5]在他的方形海室

（灵魂的摇篮和棺材）

听见海的愤怒里爱的笛音之处，

长尾巴的松鼠躲在小山羊

牧场上方的沟槽里

当时与我的朋友，费尔南德兹和坎努，

站在有狮形柱子的

圣殿金字塔和烧毁的灯塔上

我背井离乡看护着未点燃的火。

我们的退位的黑暗精灵，

责备着说话。我们的死亡期待你。

（1958）

---

1 Sadhu，印度教的圣人，尤指离群索居的隐士。

2 Devas，意为"天上的"，为古代印度神话中的诸神。

3 Aquinas（约1225—1274），意大利神学家。

4 原文为拉丁语：anna。

5 Vishnu，印度教三相神之一，掌维护宇宙之权，是印度教地位最高的神。

这个印度的早晨

这个褐色的印度之晨如伊卡洛斯 [1]

无辜地飘向正午的苍穹

百分之百不受影响，

裂缝处宽松的顺从，

在金钱、良知、工作、阴沉的

梦的克里特岛 [2] 迷宫之外。

此刻从穆斯林街区升起

抑制不住的叫喊和来自用干牛粪

加热的炭盆里火的阿拉贝斯舞姿。

墓穴居住者，披黑色围巾的妇女，

带着脏兮兮的黄铜壶

轻轻地走向水井，在太阳下闲聊。

鹰群在海的气流中沐浴过翅膀。

在一辆来自人群的寒冷的出租车里

与身着蓝色绸衣的贝莎一道

我想到了钱。门口的麻风病人

1　Icarus，古希腊神话中的人物，其父用羽毛、线和蜡为他做了一
对翅膀，因飞得接近太阳，蜡融化而坠亡。
2　Cretan，希腊最大的岛屿，是众多古希腊神话的源地。

伸出他们的杯子和包扎过的手掌。

他们的眼睛似废弃的水箱燃烧。

每个灵魂是一间无月的土牢

等待最后的巨大钥匙转动。

（1959）

德里之夜

月亮硕大的几何图形般的光环
囊括了城镇、坟墓、沉重的屋檐
冷如罗马，两倍冷如异国。
入夜，往昔的笼子打开了，
爱摇晃着安全的寓所。
闩上薄门以阻挡窃贼。

我想要简洁和轻盈
打破这些日常束缚和
那移动如有着消瘦肋骨及涂金
犄角的德里公牛的念头，
拖着无尽正午的重负。
一首诗的帝国将会
欣然藏在你的手下面。

我们开始谈论《爱经》[1]的午夜
（牝马的驾驭、长矛刺插、劈开竹子，
螃蟹和盛开的莲花）
从众多希望的土地推进

---

1 Kama Sutra，印度的一部关于爱的古老典籍。

当孩子们睡在有花卉图案的被子下面。

松开你的乌黑头发。心之海洋
被月亮的亲近拖进
惊人的水龙卷中。这些
是我们常见的盛大的灾难
它们在岩石上洒出雨一般的鱼群。

我看见在一片旷野里存在着
我们负荷时代的高贵精神。
有人睡了；有人吼叫着，愤怒地摇动墙；
为朝天空敞开的笼子里的野兽加冕。
幸运者成为伙伴。哦我的女王，
这是你终有一死的华盖和王位。
我们是一个同等涡旋中的两只鹰
上升到意识的荒野之上
以太阳之眼和他的丛林的自由。
这种爱对于世界似乎是漠然。

（1959）

埃勒凡塔 [1]

手风琴和悦耳轻快的鼓声
唤醒了一种懒洋洋的激情

木头茶馆外面一个年轻的
穿黑裤的不辨男女的舞者

击打着灰尘，勾着一根蛆虫般的手指，
满脸麻子的同性恋人鼓着掌抽着烟。

巨鹰像单翼飞机
在瘦骨嶙峋的罗望子树上方，

越飞越高地掠过采集起来的石头，
而湿婆 [2] 像一个生意老板注视

带着待装满的铁罐的村姑们
排队穿过圣殿去一个有盖的水池。

思忖着。海蛇，白色云状鲦鱼，

---

1 Elephanta，指位于印度孟买的中世纪印度教石窟。
2 Shiva，印度教里的神。

章鱼和海鳗，

在它们照亮的水族箱里可爱地
呼吸于水中如同我们，

占上风的是它们不能感觉。
但我见过，穿过一阵狂暴的激浪，

狭窄的棺材样的小船，双体船，
如小姑娘简单地前行，用向前倾斜的

桅杆和撕裂的三角帆，
将密集的网抛在后面。

（1959）

西西弗斯

西西弗斯，不快乐的人，

一个古老行业的技工，

对他来说那夜以继日

简单而不变的进程

似乎只是一座牢狱，一种踏车运动——

在城市织布机和火炉之上

你的玻璃城堡里

有一个涂指甲油的主妇

和用于减弱声音的地毯——

时辰，你倾斜的黏土般

冰冷的肩上的沉重巨石

无法告诉你怎样哭泣，

无法将铁门半开。

荒野是荒野

尽管空中广告牌谈论着爱。

银山的国王，

最深的隧道引导你下到

一面破碎而无光的镜子

和坟墓的怒火。

那么秃子，如果你必须，拿去

你桌上的珍珠转炉吧，

但在你穿过非买来的避难所

之前投去一瞥

随着空气和雪的运输上升：

看看尘世的存在，

无回报的沉默。

（1959）

一把驱赶乌鸦的钟锤

忍耐你将我猛扔进
贪欲的许多痛苦，
因为我戴过那些项圈
看见它们变成了尘埃：
那么坚固的一个牢笼
我渴望长久地在里面
已经起身的他
将不会犯更多的错。

而快乐在于那个
从未感到对浅色
外表的厌恶的人着手
并发现了一个地牢孔盖。
你的微笑和轻柔的言辞
允诺了欣喜
却像吃腐肉的鸟儿
在夜间前往墓穴。

当处于野蛮的奴役中
公平和智慧就被带走，
我究竟有什么希望

带着渴求保持未满足

除非我倾倒的这个水罐

扑灭了一种盲目的欲望？

一个娼妓没有同情；

烧着的孩子惧怕火。

虽然人们也许以为我

表现了一个鲁莽屠夫的心智

在我的弓弯向

一头温柔的雌鹿之际，

他们误称的真正仁慈

所带来的文书是

那个雌性大蛇会

咬脚后跟，却被释放。

而去寻找你的

源泉之秘密的他

同样可能把风关在

强大的伊奥利亚人 [1] 的山里，

由于最先在覆盖的光滑中

你确实抚摸了他的心，

然后在他虚弱的顶端

劈开每一根树枝。

---

1 Aeolian，古希腊的一个部族。或译为"风神的"。

一种深不可测的蔑视；

一只白鼬的敏捷；

一次通过假装取胜

穿着破旧外套的爱——

他们可能喝的脏水

流淌在沙漠里，

但在水桶叮当作响之处

我也许不再那样做。

察觉出另一个喜欢

打有烙印的脸的傻子！

我的血如冬天般冷酷，

我的马已经跑完比赛，

而在一片更美丽的田野

我如今寻找着一种美

后面的男人们将屈服于它

得到一副不傲慢的额头。

（1959）

基督城 1948

真实的小镇将逃避你的地图，

凶险，被它庄严的石头窒息。

那些花岗石下颌我记得，

A 的叶芝风格散文的马蜂窝，

D 在椅子上没精打采，杜松子酒喝得烂醉，

一阵迷雾从雅芳河[1]升起，

一座在绝望和英语中

建造的城市，英语、英语到骨子里。

渴望那儿维持我的光

在狄奥尼索斯–冥府的标志下，

在一个盖着撕破的煤气罩的狗窝里

靠牛奶和苯齐巨林[2]过活，

占卜师，探测着鸟的迁徙。

曾经来过一个有张腐烂脸的老人，

而不止一次我的女孩，为了挤出

泡泡来，从凝乳中冷却乳清。

---

1 Avon，一条贯穿基督城的河。

2 Amphetamine，药物名，用于发作性睡眠病、麻醉及其他中枢抑
制药中毒、精神抑郁症等。

戴着烟囱式帽子的创建人
注视着，但无法理解
我的狂怒，她的可爱的土豆之美。
钟声规劝我们立刻消失。
冬日海滩上弯钩样的泡沫
以它们天使般的话语指导
两个孩子在迷宫里叹息
为光，为这个正午的国度。

（1960）

旅行诗篇

鸟儿像精灵掠过水面上方，
宽胸脯的信天翁，短背羽的鸽子，
在这些健壮的旅行人们中间
他们磨着刀具，拖着肿胀的囊网，
我想着我冰冷的爱。

女人，妻子，水手的肋骨，
我想没有外科医生能够分开我们，
你治理水平那么高，敲打那么重，
你设定我漫无目的的视野那么宽。
所有海边的谷仓砰地清空了
从城堡岩[1]到掉头岬[2]，
而你支配了我骨下的岁月
网在那儿滑落，当星星和船长沉睡时。

在那阴森的海湾没有嗡嗡的回音测深器
能够告诉我轮廓线如何流动
（仿造的圆形，防擦的齿轮
有助于网耐用）

---

1 Castle Rock，位于新西兰北岛南部。
2 Turnagain，即 Cape Turnagain，位于新西兰北岛东南部。

而此刻僵直的绞船索在颤抖。

捕获的将是什么？蛇鲭，

深水区的巡佐？

如瞌睡的镇长、尖刺里

带着毒的豪猪？或者别的

肥胖的彩条鳕鱼和唇指鲈，

印着上帝拇指痕的海鲂鱼？

我仅能得到干呕而没有侥幸的答案。

（1950）

像月亮的她

我不知道另一种美
像你的脸庞静静地，
静静地展现的那样。

纯如破碎云朵围栏中的月亮
它照着大地、天空和不安的水
以给一个孤独者的音乐般的光：

你拥有的美，时间的女儿，
我的生命之灯，哦隐藏的那位，
成为你唱的歌的你，

默默地，默默地，
从爱之夜的忠实枕头
倾注进我的心坎

你的光，你的歌，你的美的瀑布。

（1960）

马卡拉海滩 [1]

阴部形状的石头从峡谷台口

下面的灰色笔架伸进大海，

一些四处飘散的灵魂

它们寂灭之处在无陆地的水上。

当祖母海织着一大片花边

我妻子、小孩和我到过那儿，

扔石块，吃冷的冰激凌。

我看见风刀一般地削着水面，

在酒坊外面不远处，想要

大马士革 [2] 类型的美景，捕捉

光的迸发。全部在那儿，

藏在那灰坑的地方，

水的亲切的汹涌，石头和树木

或者波浪分开的贝壳。我重新发现

永生的音乐，此刻探测着

岩石的骨头，我爱人的身体。

褐色的孩子，时间的流浪儿，你是

1　Makara Beach，位于新西兰惠灵顿西海岸。

2　Damascus，叙利亚首都。

天空和大地旁的透镜，为我
打开它们隐匿的光。船只和小屋，
退潮的波浪的砂砾小港湾
男孩们在那里叉起巨大的鳗鱼，
秦太草羽下面乳房硕大的母牛，
这些是渴望的简朴伊甸园
向我的灵魂揭示你的重要性。

（1956—1960）

一位牙医的窗户

我，一只有着瘦龙骨的小船，
沉没在下午的水中。

斜靠在糟糕的椅子上
这时戈罗多夫斯基医生在挑选

合适的大黄蜂钻头。
高高地在圣玛丽溪谷的壁面上方

粘了鸽子粪的陆架上
我们女士的混凝土像朝着

妓女、出租车司机、精神病患者，
整个粗鲁的步履蹒跚的小镇微笑。

女士，女士，我正在长大，
我的羽毛在脱换，我的祈愿冷静，

今天记住我而当我死去。
用手抓住戈罗多夫斯基医生，

让钻头切削刃避开小小的神经。

甚于轻微的罪的恶化

我害怕刺，嘎吱声，金属的触摸。

（1960）

猪岛书简

(1966)

在罗托鲁阿 [1]

我看见颅骨样的月亮

在灌木火簇旁变红，一个夏日女妖，

向下将箭射进梦里

其间黄金女孩和邂逅男孩

在帐篷内嘎吱作响的露营床上

重复，重复着世系行为

好像为了图唐纳凯 [2] 的骨笛。

他们的眼睛支配着垂死的夏日，

但我同那些清教徒更友好些，

腐烂在单身水泥床上的

死者，那儿有喷出的蒸汽上升，

除了误解，毒品，和那些

1　Rotorua，新西兰北岛中北部的一座工业城市，是毛利人聚居区。

2　Tutanekai，罗托鲁阿历史上一个有名的毛利人，他与海尼莫阿（Hinemoa）的爱情故事在当地流传。

诱惑的魔鬼与极度厌倦

活着的人无法祛除：

接近，接近，看起来，那被忽视的力量

我们的生活丧失了对它们的使用，

一种是它自己教导的痛苦，

一块石头或骨头的抛弃。

（1961）

在泰里[1] 入口

亚麻豆荚将它们的花粉卸在
泰里的钢一般明亮的

大锅上，古老的水龙
从毛利地面下的一个石质

水槽滑出。炼鲸脂锅已经生锈
留下愤怒的油在那些人的血中

他们生活在两居室的屋子里
缝补着网或者从一扇窗注视着

巨大的填满了凝雪的南方天空。
他们的母牛沿沙滩吃着海草。

溺亡的穿长靴的紫衣水手
漂浮在水流退潮的地方

无法看到某个女孩点燃在一个

1　Taieri，新西兰南岛达尼丁域内的一处峡谷。

玻璃灯罩里的火焰，但五天以后

伴随他的喉咙周围气泡般的杂草
摇摇晃晃的浪花将长驱直入。

（1961）

妓 女

那是某地年轻妓女的
身体，我只是忘了在哪里见过它——
在沙特尔[1]大教堂的门道上
或者它可能是在兰斯[2]——
裸露而美丽，一种十足的人类的美
而由此一种其价值是怜悯的美，
被鹰头魔鬼们
举到齐肩高。

长长的头发，仰向天空的脸
好似在等待雨的降落，
胸脯，肋骨的骨状笼子，
柔软的繁育口袋，
锁骨——是的，尤其是锁骨——
她的胳臂松弛地垂着
像被抬在灵床上的某人。

"我想你也许会在这儿。"她说，
微笑着露出我以前见过的开朗的笑容。

（1961）

1　Chartres，位于法国中北部的城市，那里有著名的沙特尔大教堂。
2　Rheims，位于法国东北部的城市。

凹陷的地方

在大路下面，颠簸的海之上

荒芜的低矮岬角上，

我常常在崩裂的坡面周围攀爬

那里亚麻灌木丛不稳固地

提供了可抓的东西：于是我活着

站在那个凹陷的地方

那意味着……呃，我必须描述它：一处弯曲的裂缝

在一个漂着浮渣的池塘上方的

石灰岩石里；向左的灌木丛，

还有一个悬挂物。通道黑而冷，

大概三码长，躲避任何眼睛

无从了解；而空气

被某种气味污染了好似大地在远古的

睡眠中出汗。我在那儿没做什么；

无事可做只有聆听更大的我

他的语言是静默的。我反复地来到

治愈了愚笨，脑袋里的魔症

大腿上的节疤，被一种接纳

一切的静默。不知道我还会来，

我言辞的外套磨得非常薄，

好似跛足，用

一根干枝条敲在地面的

喑哑的门上，然后大声喊叫：

"开门，妈妈。开门。让我进来。"

（1962）

守 夜

我们都不在一起的糟糕的那年
教堂里的雕像被盖上了紫衣
奥克兰北部我醒来看见一块帆形的岩石
从无尽的水里立起。小船
缓缓行进。呕吐物的臭味和伏特加
粘住我大脑里的坑。成为自己
并不简单。内在的虚空
变得令人厌烦。在中午一只黄蜜蜂
飞过小丘般的波浪它似乎在小牧场里
寻找三叶草。入夜小船停止了摇晃
我来到甲板上值夜班。
大海，空气，夜晚；
数字被从时钟上抹去。
在甲板边上一个身着工作服的水手
放下了一个钩和一根线。
在我脑袋里面我听见另一个人的声音：

"在瑟茜的宫殿我喝醉了
错过了陡峭的梯子；
我在你之前来到这个兽穴。
在我骨头上种植那支我过去

常常拉的桨，在划手的长凳上很结实。

当你的喉咙干了，小桶空了

记起我……"

（1963）

海滨房屋

这个海滨房屋外边的风
摇晃着阳台的栏杆
有它吹拂后面的天空的重量，
一种强于生命和艺术的

寓言的激情。独自坐在
胶合板桌旁到很晚，
我变成了一根用盐洗过的骨头
翻滚在漂移的碎石中。

而你，我的爱，睡在方形工棚
里的被子下。我年轻时
（我舌尖上火热的言辞和白兰地）
只有胸脯的紧握，嘴，腰部，

能够挡开夜晚
狂暴的梦魇。此刻我让
水流磨碎我，非常了解你眼睛
后面可爱的黎明

不会被任何风所击倒，

我们将走在岸边

长大一天，而连在一起的波浪轰响，

仿佛暴风雨是一场梦。沉睡酣酣。

（1963—1964）

卡皮蒂[1] 附近

很高兴我停车的地方

是在一间牛奶吧上面

那里隆起、分叉的树林舒展臂膀，

离沙滩不远，女像柱

屈膝跪着，举起

坟墓一样暗的冬日天空的重量，

当妻子和女儿在流动的海边

散步，被风

捧着，而男孩独自

搜寻贝类[2]。一种

适度的爱能够补偿

它所阻断之情么？我

记起一个并非男孩或男子的人

他看见在狂野之夜，维纳斯，被

贻贝割伤，踉跄着进来

共用他钓鱼小屋里的床，

不在意他的胡子茬，他粗哑的

---

1 Kapiti，新西兰北岛西南部的无居民小岛。

2 原文为毛利语：toheroas。

口吃，或者发臭的袜子，

为了贫困的爱之故

那爱打开了经典词语已经关闭的，

不幸的花朵，肉体的悖论；

而他后来死了，被光秃秃

山上的冰紧夹着。我把箱子

运到炉门前，硬木抵着臀部，

身体是轻的，还没

长大。我想着

这样的人，折断了他们适度的爱

之网上的翅膀；在卡皮蒂的唇边

黑色的海向上喷出白色，当西风的

触摸让死者在泥土下移动……太多

妥协；时间的边缘是钝的。

（1964）

公 猫

这只公猫穿越栅栏，
墙，抄近路通过
体面人家的领地，沿着
别的路途，他自己的。我看见
发愁的有须的颅骨嘴巴张得
大大的，抱怨地，在求

被捡起喂养，当
下午四点我迈上台阶
穿过灌木丛。他一点也不
高贵，感谢上帝！已经
变老了，邋遢了，那灰黑
皮毛故意显示一两朵

像圆星的花，比赛
和打斗的标记。弯弯的脑袋
看起来顶部有粗糙的伤疤：
旧武士！他临时住在
地窖里，那绷紧的长满毛的
阴囊驱使他投入竞争

疯了似的，却跌倒在

垫子上看着女子，穿着

土耳其式裤子。他在萧瑟的黎明

发出的风笛般尖叫把身着睡衣的我

拖出去搜寻灌木丛

（他由于感染性的咬伤

在治疗中）：那个老傻瓜

站立着，身体僵硬如木板，

心脏怦怦跳动，尾巴上的毛劣质，

在房子的拐角，对着

什么东西吼叫。他们说，

"把他阉割了。"我不同意。

（1960—1964）

在戴斯湾 [1]

看完古老的诗篇后

躺在沙滩上；多么

慢不被任何我的

或你的牢骚打搅；父亲

之洋在海湾里翻滚

类似于孤独的

潜水员，瘸子，叫喊的女孩

和烟杆般的小家伙。他做着让

我们所有人合意的事；在某处——那里，

向那边，高高的牢固的风帆

行进之处——他为我们披上

白色的如泡沫般的死亡之旗，远远地

在外边，为了我们需要它时。于是

在盖亚 [2] 的胸脯上，那包容我的

宽广的保姆，我想起

青春期；我是那个悲伤的

男孩，思想结着自爱的

---

1 Days Bay，新西兰惠灵顿域内的一处海滩。
2 Gea，或作 Gaea，古希腊神话中的大地之神。

198

踏车上的冰，

该死的纳西索斯[1]，他还带来了
像空柄里的一块
煤，火的种子——此刻
跑着穿过我的血管。此刻我
称赞那个悲伤的男孩，他无所
希望，没有爆裂他的大脑。

（1965 新年）

1　Narcissus，古希腊神话中最俊美的男子，爱上了水中自己的倒影，
该词意为"水仙花"，喻指自恋的人。

对浆果的渴望

今天明亮的铅一般的波浪
举起垃圾、浮木，在各个
高高的斜堤里：一个好日子
对于海鸥或狗。空气和太阳
懒洋洋的抚摩不友好地
像控制了血气的麻木妓女

只提供睡眠。是的……
我想到一个最近服毒的
朋友。死去时，
他已经进入了一束
黑暗的真理，与我分享了
一句话正当我的眼睛闭着——

"同情所有事物"——那粗野的
跌倒在浴棚墙壁下的
小子们需要同情吗？
或者其阔肌在百慕大
短裤里滑动，全部
专心于一个防雷的知识

世界的女孩们？我不能

同情所是；只有抬头

看着卡拉卡树[1]，它

厚厚的宽大的叶片包含了

如此成熟的黄浆果，它们成串

将供吃两星期。

（1965.2.14）

1　Karaka tree，新西兰特有的常青树种，有毒。

邮 差

给混乱设置一个界限
（把它放在那条路上）街道
被命名，房屋被编号——但
费力地走过潮湿的草地
或沥青，邮差的阴郁
想法将生出新的混乱，不是

原来的——于是我发现
如主妇们的驴子，在雨中
光着膀子。咕哝着的
小狗们从地面上
察觉了我，当我蹒跚而行，
咬住了抬起的脚后跟

出于偏执狂的爱。我艰难地
走过莫图伊卡、柯尔威、
卡拉姆，每条冰冷的街道如
一条龙，而我陷在屁管，
一堆发霉的、缓缓移动的
狗屎里面。这些道路

为直升机或者犍牛

拉的板车而筑。盒子

（做得宽、窄，或者带着

铁盖）显示了你们的

个人形状，你们严肃的女士

嫁给了一个资产阶级死神

他等着来自上帝的信件，

而当我的手伸进去，我

友好地想到了你们全部——"是的，

柯克斯达克尔夫人，你来自

墨尔本的走失的包裹也许

在包里"——或者，深渊里⋯⋯

（1950—1965）

一个雷姆伊拉[1]家庭主妇的思绪

我的玻璃桌面餐桌

上面的镇定剂，黑绿相间的

石榴种子，属于

柏拉图，那个粗野的王——于是我

吃了六粒，平静地

平静地走进，穿过

黑暗的镜子进入他混乱的

世界和坟墓——"安，

你多么强大！"昨天我

母亲说当那野性的

矮马差点把罗宾抛在

它的蹄下；我让她

再次骑上去。他们不知道

我是柏拉图的女王……哦是的，

我继续你的信说

那并不好——你那样说

意指什么？麻醉的云朵竞相

---

1 Remuera，新西兰奥克兰市的一个富人社区。

掠过朝着全部暴风雨的火炮

掩体上面，在那里你停下车
然后解开我的毛线衫——此刻
我丈夫光着身子
带着我痛恨不已的
兔八哥[1]式咧嘴笑在拉扯
他的衣领——我们的这种垂死

让我保持年轻——我的爱，鸭茅
好高呀！我们自己的床
被懒汉围在玻璃棒
里面——没有人能够碰我，
在狮子窝当中——疯狂，
快乐，迷失！在柏拉图的洞穴里

从花岗石宝座上我们观看那
幽灵们旋转着像蛇状的雾
平静地，平静地下降
到它们自己的瓮里，不曾
见到太阳的有汗状条纹的旗帜
再次轰响……在伦敦

1　Bugs Bunny，动画片《兔八哥》里的主角。

他们在石棉屋里演奏

舒伯特¹或勃拉姆斯²吗？女孩们

咬你的喉咙吗？当你把我

变成在你脖子上

振动的小提琴（梦是

我所遵循的）……我的撒旦，你

为何不待在火焰始终

升起的地方？你说过没有人

能对抗世界……没有；那绝非

一个世界，而只是柏拉图的

铁黑色星星，离太阳

最远的宁静的行星。

（1962—1965）

1　Franz Schubert（1797—1828），奥地利作曲家。
2　Johannes Brahms（1833—1897），德国作曲家。

怀帕蒂基海滩[1]（组诗）

1

在粗糙庄严的墙下黑白相间的
矶鹬踩在潟湖边缘的

桩上，它的叫声像
一扇嘎吱作响的门。我们经由一条损坏的路

砰砰砰用第二档，跨过山脊，
来到我喜爱的唯一世界：

这片荒野。穿过正午的散漫清澈的光
小马驹和小母牛在绿色围场里奔跑。

太阳是牧羊人。我曾经想要
肉体的抚摸去盖住并封存我的喜悦，

却还没有实现。荒芜的土地，荒凉的海，
没有手指掰开死者坚硬的肋骨。

---

1 Waipatiki Beach，位于新西兰南岛。

2

如果任何人，我会说最古老的维纳斯
对书籍来说太早，无所不在，

这位丰饶的母亲，我的诗篇求助于她
像下降的阶梯——在峡谷的入口

她留下一片沙地供粗糙的草生长，
也让十分安静的本地蜜蜂

装满他的花粉袋。我们把车
停在那儿，然后继续步行

下到小溪的岸边，那里的水
在漂移的枯枝和浮石的泡沫下奔涌，

在沙丘的扣环里看见大海
卷回来的罗汉松烧黑的树干。

3

她的狮子面庞，颅骨褐色的赫卡忒[1]
自我出生起就统治着我的血液，

---

1 Hekate，古希腊神话中善恶兼有的女神，司夜晚和冥界。

我还没有发现。我和我儿子
走过海滩尽头的有着百头的

巨朱蕉树，赤着脚，冒着
从悬挂物上掉下石头的危险，然后

来到一座太小还没有名字的湾上
那里亚麻在峭壁的肩胛上任性生长

还有瀑布飞泻。一只绵羊跳起来立着
冲我们叫唤，叫声越过了一堆浮木

和破碎板条。在我们身后辽阔的正午天空中
浮动着那女幽灵，有着日光的月亮。

4
月亮圆盘里一个麻风病患者的愤怒，或者
被沙滩阻塞的长舌的浪花。

讲清楚我如法老的小麦及外皮的岁月 ——
我行走着寻找避风之所

那里有许多双脚踏过
直到寂静升起，海滩被遮住。

（1963）

209

猪岛书简（组诗）[1]

给莫里斯·沙德博尔特 [2]

1

你谈到的裂隙——是的，我有同感，

心智的更年期。我把它

看作一次小小的死，练习为了更大的，

为了不打算读

你的小说或我的诗的送葬员——

或为了自我已经死去

把观念当炸弹处理的人，

在那个荒凉的南方小镇 [3]

在一次寒冷夜晚举行的聚会上

男人们看起来像幽灵，女人们如树在行走，

从地面上看，一片腿和屁股的森林

给攀爬的男孩，书本喂养的男孩。

1　作者说明："'猪岛'这个术语，在新西兰土语里用来指认南岛，很可能源于在那儿发现的野猪；但在这（一系列）的标题中，它带着一种讽刺性的细微差别，更广泛地指向了整个国家。"据《猪岛书简》单行本，1966年。

2　Maurice Shadbolt（1932—2004），新西兰小说家。

3　作者说明："这是指达尼丁，沙德博尔特获得彭斯奖学金后去了那里。对我而言，那个地方有着一个人开始成年后所在地方的停尸房般的吸引力。"（下文"作者说明"均出自其手稿第24册，后不赘述。）

而这，艺术的瞬间，从不可能持续。

厨房里的妻子们停止了微笑当我们

进入裂隙本身，僵硬的夜晚

在可怜的醉汉们害怕冰封的苍穹之处：

男人是一座行走的坟墓，

那是我出发的地方。虽然常常

在那儿利斯[1]河蜿蜒而下

穿过涵洞，在堤坝旁的树上

充满褶皱的花唇

捕获和抓住过逃亡者

从时间，从自我，从铁金字塔，

这些已时过境迁。将我的爱意

带给维克[2]。他注意到了

信天翁[3]。在奥塔哥暴风雨中

裹挟着浪花洒在向陆农场上的风

是一个酒鬼。无论谁愿意

足够长久地倾听，就会重新写作。

1　利斯（Leith）是苏格兰爱丁堡北部的港口城市。

2　Vic O'Leary，新西兰诗人。

3　作者说明："维克·奥利里写过如下几行诗：'我射击信天翁 /基督如他悬挂 / 高高钉在我青春的天空——'。此外，信天翁是波德莱尔的诗人的象征，冲过极地风暴，却笨拙地摇摆在一艘船的甲板上。"

2

从一座被马拉巴栗树影覆盖的旧房子里
升起了我的痼疾，
在猪岛爱没有多大价值
虽然我们欣赏它人样的戏仿，

厨房里那个忙碌、憔悴的女人
闷闷不乐地把煤炉
喂给所有陌生人，至少一个应该是
她古老的号角般红的撒旦。

她的男人，相当困惑地在酒馆里抱怨着，
谈论着羔羊的
买卖，一棵树上的木棍
被秋天的大风刮倒下来，

她的女儿，在她房里读
一本服装目录，
能开一台拖拉机，去职业学院，
将投票支持老板们，

她的儿子更情绪化些，见过
一个配剑的天使

站在一堆老人般的麦卢卡¹上

正等着那个词

倾覆城市和河流

劈开房屋如一根腐朽的罗汉松木。

他十分冷漠地给负鼠们设陷阱

向他的狗吹口哨。

那个给猪岛的主人们讲述

他们恐惧的爱的男子

用沙编着绳索，而我出生在他们中间

并将于某天同那些死尸躺在一起。

3

那另一个巴克斯特²——教派成员

说那些该死的躯体将要焚毁

如同在审判日被扔进炽热火炉

里的麦茬。在加尔文的镇上

十七岁时我想，也许看到的

不是火而是水在升腾

1　Manuka，是新西兰及澳大利亚南部独有的桃金娘科灌木。

2　作者说明："清教革命的预言者之一。我父亲读过他作品；约翰·威尔在一封信里谈及他，说他强调公平甚于宽恕，引述了我这里用到的明喻。"

从圣克莱尔[1]之外的排浪

到干钟的叮当作响。紧握

床上的一个枕头妻子

我做着我的囚犯训练，

当我造了一只桶的妈妈

小镇像一枚猫头鹰蛋裂开

砸断了梯子。那

可能是起始之冬：

冰霜立起来犹如毛利山[2]膝盖下

大街上的麦茬，

寻找着最后的质朴

在书本中无从解释它，

一间房里，风刮响了窗帘绳

床上有一位扎着长辫子的女孩

我发现了入口处，

父亲亚当死去的地方。

同时一个牵着狗和白鼬的男孩

爬过荆豆花小径，从大海

到溪谷顶部的拐弯处

在巨朱蕉的一侧十二步，

而从山顶上看

---

1 St. Clair，指新西兰达尼丁的圣克莱尔海滩。

2 Maori Hill，在新西兰达尼丁市。

雨柱行进在黑暗的海上，
一团火云在日本上空升起来，
神的身体在诅咒树上闪耀。

谢谢你的信。五天前我读了
你的书；它有着
干灌木丛地之上的鹰缓慢
不易觉察的翅振。杀戮在那儿
在毛利河床下
尸骨泛着磷光。我可以讲
其他一些事情，但不是现在。

4

审查不会让我的诗行透露
在陶轮上旋转的猪岛。

一个身着牛仔裤有一双鹦鹉眼的干瘦少女：
我们现代殉道者死于其上的刑具。

我预言这些年轻的不良泼妇们
将成长为阴冷苛刻的女巫。

我们的女人们主要在骨头里携带
粘在分散的烤炉石上的诅咒。

雷姆伊拉女孩堕胎何等频繁

胡恩报告[1]里没有提及。

霍利约克[2]从一截贝壳树桩疾呼——

上帝拯救我们所有人！我需要一个胃样的水泵。

海胆，普哈[3]，猪肉，以及红薯：

毛利人拥有土地。我有一台照相机。

虽然弗洛伊德和上帝会赐结婚誓词

你应该知道如何驾驭山坡上的犁。

太阳暖洋洋的，饲料袋散发干草的气味，

眼下，风从北方吹着。

被四匹役用马撕裂的你，

圣希波吕托斯[4]，为我们祈祷！

5

很久以前，在一个幽灵般的夏季，

1　Hunn Report，指由新西兰公共事务委员会副主席 J. K. Hunn 于 1960 年初起草的一份涉及毛利人的报告。作者说明："讽刺的是，一些毛利人作为《圣经》参考的胡恩报告，是一份对毛利人社会习惯阴暗而错误的叙述，被政府强征去平复其官僚经年而朽坏的良知。"

2　指 Keith Holyoake（1904—1983），曾任新西兰总理。

3　原文为毛利语：puha，一种菜蔬。

4　Hippolytus，为古希腊剧作家欧里庇得斯同名作品里的人物，乃雅典国王忒修斯之子。

有人手握一把凸透镜

置于成堆碎沥青上的蚂蚁头顶，

这样一个活着，另一个死了：

鹰之眼，天空中的男子

携带大桶的毒云

像杰耶斯液体[1]。古老的河流之上

桥是一位宽广的母亲，

心脏的小鼓枰枰作响，

在那里，喷涌的盐流入

将毛伊岛[2]的鱼钩在一根针上。

跟随船屋看守人的女儿

学习水的技巧

是时间的任务。我在

一座铁制的祭坛前跪拜

在黑鱼升起、天气变坏之前。

6

身体的期望是连贯的爱

犹如岸边叹息的水

将要渗透变硬的肌肉，解除

任何让我们自责的事物：

1　Jeyes fluid，一种消毒剂，于 1877 年获得专利。

2　Maui，美国夏威夷州第二大岛。

不是褐色酒壶，不是被匿名

按住在昏暗灯光下的嘴唇，

但身体性真理中的信仰

从波希米亚的喷泉和夜晚升起，

费尔伯恩[1] 告诉我们的真实背后的

谎言背后的真实，干瘪

如巨型恐鸟，将曲而钝的标枪

投进普霍伊[2] 这边的酒馆——"没有

词弥补我们年轻时所拥有的。"

弥补我们所没有的：饥饿抓住

我们每个人，并一任我们焚毁，

撕开，沙砾般干燥，筛着思想的灰烬。

7

治愈的爱，像弯曲的肢体

在我们各自的内心，是我们信仰的来源，

倘若我们愿意倾听，它能告诉我们为何

暴乱边上的儿子们、邪淫边上的女儿们

把天空的狂怒拖到舒适的房屋上：

瘦女孩和游民的

愤怒蒙住了他们的爱

1　指 A.R.D. Fairburn（1904—1957），新西兰诗人。

2　Puhoi，新西兰奥克兰的一个古村落，为波希米亚人于 1863 年
所建。

解开，解开那将每个人

喜悦的期望掩藏起来的绷带。

对于我，是堤坝记载了

被我们用冗长的托词，

政治和艺术以及堪称一种

避孕方法的演说所摧毁的爱：

一盏街灯闪烁而降

在强健的水域，阴影中的身体上，

一张月亮白脸上的泪水，出自

水之坟墓的时间的话音，说给

那些幸运的在悲伤的人听。

8

当我只是腺体里的精液

或比那更低，我父亲被挂在

马德农场的一根刑柱[1]上

由于他不会被杀。看守们

煎着香肠，当雪暗自降临时

在寒冷的腹股沟里我担心被冻死

于是密谋革命。他黝黑而肿胀的拇指

说明了人的手足情谊，

1　作者说明："此刑罚是热衷于其工作的官员们执行的第一刑罚。"

但他现在老了，在他的苹果园里

我们目睹我们强壮的安泰俄斯[1]死了

在官僚主义的玻璃城堡中

抢夺我们的盐面包。马克思和基督

会与约旦同床共枕吗？现在我

不情愿地记下这些话：

政治行动在其源头是纯粹的，

人类，亲自，只有在其公民职能中

变成了其费力摧毁的监狱。

9

看着关于成功的简单说明，

诗人如家居男人，

行进在簇拥的拇指间，抓住一把手推车，

让公猫进来：

然后翻转沙漏，发现另一个

囚犯自我，无可救药，被

酒和性游戏所传授者以及黑三角，

罪的鞭子留下的疤痕。

首先从骷髅脸的孪生子获取他所有的肉，

从一根勺子削出一支匕首[2]，

1　Antaeus，是古希腊神话中的巨人，为大地女神盖亚和海神波塞冬的儿子。
2　作者说明："我记得一位法属圭亚那囚犯做过这个，然后刺了监狱官员的喉咙。他后来被送上了断头台。"

挣扎着透过一首诗的规格言说：

当二者能制造一个第三位，我就完工了。

讣告也不会暗示

我们多么需要朋友，

像费兹[1]在《国民报》上

讲述他的包虫囊肿，

位于肺下部的一粒足球，

或奥克兰的劳瑞[2]：他所有的持守

和给我们提供艺术空间，

到了重塑内心的时候：

制箭者致敬最少的那些人，

兽人的同伴们，

许多人中的一个，轻抚着被剥开的皮，

艺术家的兄弟或保姆。

十月来临时树在簌簌作响

扇尾鹟敲击着玻璃，

加点调料，当白班护士哼哼唧唧

给那个出现水肿之际

走过恐惧之桥的人

投喂药丸和橘汁，

1　大概指 Reginald H. Fitz（1843—1913），美国医学家，率先正确描述阑尾炎。

2　指 Robert William Lowry（1912—1963），新西兰出版家，曾创办奥克兰大学学生联盟出版社，出版过多位新西兰诗人的诗集。

穿过猪岛的沼泽和沟壑时

腹部如皮鼓一样被击打 [1]

在小帐篷里，在亚麻或羽扇豆的阴影下，

太阳好似一只小桶。这个

干着邮递员差事的人将冥思

雅各之角根基上的枯萎

或天气的怪象。无人

容易变老。诗是

放在狮子洞穴上的木板。

10

超越时代——一座瓦楞棚屋

有平底锅里的煎鲍鱼 [2]，

某处海湾旁，部族的孙辈们

在长草丛里摔跤，海水，睡着，

云朵和绿树如同姐妹

为自然人守着最后的门。

这将如其所是，半生，

因为神秘需要

牺牲者——被剥皮悬挂在

1　作者说明："这一句出自中国东南部（我忘了具体是哪里）一些
村里唱的一首歌。"

2　原文为毛利语：Paua。

一棵枞树上的兽人马西亚斯[1]，

或一种缓慢的死，导管，以及

困扰一个老者虚荣的妻子。

11

今夜我给我儿子读了一个

关于巴亚米[2]的蜜蜂和乌鸦维里农的故事

巴亚米吩咐东风吹下雨来，以便

花朵生长在干燥的澳大利亚

维里农则把西风关在一根空心的圆木里：

我儿子能够搭建一座树上

带藤梯的小屋，我儿子

穿着棕色针织套头衫和粗布工作服，

制作小丑和动物，一个居住

在天堂的生物世界，

当他不费力地递给我

入口的钥匙，我必须将喜悦掩饰在

一扇角状百叶窗、一盏昏暗的提灯下，

以防它会太明亮地燃烧，

1　Marsyas，古希腊神话中的森林之神，因与阿波罗比赛失败而遭
到惩罚，被剥皮吊在树上。作者说明："马西亚斯，山羊人，与阿波
罗比赛弹尤克里里琴，失败后被活剥，好像是……现代诗人的可能
象征，濒临灭绝种中的一员，被他的神经症剥了皮。"
2　Baiame，澳大利亚本土神话中的造物主。

因为朝向太阳沉默

所在的土地之旅已经开启

没有人会走进树上的小屋

那里藏着一个男人森林里孩子的骨头。

12

但丁写过的昏暗森林

莫过于自我，那把自我称为

一个人漂移的深渊，透过

自私的黑色棱镜看：

在多叶的掩蔽物之下

狮子，豹子，狼，

由它们尚未杀害我们的愤怒显现出来。

我们的爱把我们绑在车轮上

自此直到死亡才松开，

却是不可意料和预期的，

像落在波浪上的斑点雨，

巧手降临到伤口上，

或者在会堂与城堡山 [1] 相遇之处

贝雅特丽齐的脸移入了果园。

1　原文 cattle hill 疑为 castle hill 之误，castle hill 位于新西兰基督城郊区。

13

世界虽变化，十字架直立[1]：我将在
鲸鱼的肚子里歌唱，

            "上帝的伟大母亲
改善我难闻的气味。我等着死。
抱着我，女士，在他们沿着连接大路
（它通往高雅警车的滚轮）的灌木小径
运送我身体的那天。
麻风病人的残肢，酒鬼的沙哑嗓音，
敲击着拿撒勒[2]。我是一个裸人。"

"我怎能让你进来？
谈话的时间已过去；
一座山即门槛石。"

"妈妈，我独自回来。
我的行囊里没剩下
书本，以及面包。"

"为何你的双手不干净？"

"整个该死的镇上没有肥皂。"

1　原文为拉丁语：stat crux dum volvitur orbis。
2　Nazareth，即耶稣的家乡。

"上帝的恩典需要人的致歉。"

"你的脸是我的神学。"

"是啊；但我给你带过一枚珠宝。"

"我把你的图章戒指遗失在了
溪谷里厚厚的荆豆丛中。"

"那我为何要听？"

"骷髅山上一无所有，
没有肩衣，没有标记，
只有话，我渴[1]，
当囚犯的血从你
儿子的身体里迸发。"

"你可以进来了。"

是那样吗？至少我知道没有更好的；
经过一夜虚无的，
神学的，政治的论辩之后，
某人决意去取一条小船

1　耶稣被钉在十字架上说的一句话。

226

划向龙虾岩

在那里，向下深潜的游泳者

发现鲜活的水在升腾，

一只山包状的水之乳房，一股喷泉，

一棵看不见的树，它的根基无从寻觅；

如同那位自然生长的水之仙女升起

上帝在人心中也是如此。

（1963）

独树山[1]谣曲（组诗）

1

老朋友，让我们再

谈一会——在女王渡轮里的餐桌旁

顺其自然吧——给你的白兰地，

给我的汤力水，当下午

成熟如一枚李子，下流的夏季

和向太阳张开膝盖的瘦女孩们，

稻草般金黄，为了观看，而非食用。

我已经忘了

你此刻在赫尔海姆[2]，在世界树[3]弯曲的

根下。那里他们以

另一种方式说，譬如一块石头被说成，

"我的伤口是大的"——朋友，

我最终将自己学会那种说话方式，

因为我喜爱的那些人去了

海拉[4]的房子。空气和雪

结合。后来我搭乘了错误的

1　One Tree Hill，位于新西兰奥克兰的肯威尔公园内。

2　Helheim，北欧神话中的冥界。

3　Yggdrasil，北欧神话中其枝干构成整个世界的树。

4　Hella，北欧神话中的死亡女神，其所在地即赫尔海姆。

火车，晚上出来到了一处

不可控制的暴风雨猛击岬角的

地方，水：大范围的夜晚暴力

溶解着我们。让我学会

那种说话方式，直到倘若你

腐烂、憔悴地走出坟墓

来到我床边，我会仅仅说：

"太平。我与你啜饮这黑色的酒。"

2

说吧，鲍勃，虽然风砰地关上了门，

    从那旧的破烂的牢房；

我讨厌看见一个伙计急不可耐去

    取烟叶或饮料，

于是轻拍窗户，当狱警们超出了听力

    范围，而我

将抛弃穿过夜晚的羁绊去你

    从未死亡之地的品质。

3

当我们的朋友们，如克洛岱尔[1] 所说，

1　Claudel，即 Paul Claudel（1868—1955），法国诗人、作家。

进入他们必要的孤独，

我们被背叛地遗弃了。一个十几岁的女孩

她冷淡的男友骑在自行车上，突然冲入沟中，

第一次感到了心智和血液里死亡的分量，

而无人不同。不太喜欢

上帝之夜，我竖起了

夏威夷衬衣上你的图象

长方形胡须，张大的眼睛，阴茎

和腹部，还不脏，

带着一大壶酒上独树山

边爬边擦着粗短的草尖，

在某个死者的坟墓上撒尿

他从毛利人那里夺取了土地。细想

我们骑行在北滨渡口的那个夜晚，

波浪在船头咚咚作响，

波浪浇灌着小围场，

醉吧，烂醉吧，在时间和金钱的

迷宫外面，讨论着——什么？

你曾说过——"我是一条黑暗的河。"

4
看在事实和肉体的分上

我举起了这块遮挡

血一般阴湿的裹尸布的重石，

既然我们的两个死亡是一个，

在我脑袋里嘎吱作响的死木

或者在你旁边的药瓶，

当我最终把你独自留下

我带走了众所周知一个被钉在

十字架上的死人的记号。

你踏过的路我踩上

你死亡的脚印，

在那里每个人也许结结巴巴，被

公牛的角撕裂，

只是不泄露那真相：

需要一个巨人的意志

完全生活和呼吸

在黑公牛的房子里。

但在她的洞穴和土牢里

令你沮丧和被掠夺的小镇

为一个奇迹哭泣

仿佛她的神死了，

一个被钉在十字架上的

死人的精液保留在她身体里，

游动在她网里的心

如天使的骨头般珍贵。

她和她那把我们的希望

拿进筛子的狗脸魔鬼

将滚动杂货店的镇石

去盖住一个因缺爱而死的

人的致盲的深坑。

5

独树山上方的高处

月亮如一朵颅骨状的玫瑰升起，

而小镇打开了她的大腿

让悲痛进入；

韦克菲尔德大街[1]的球旁

一个酒吧男招待告诉另一个

劳瑞已经和有鬣狗脑袋的

妈妈躺下了。

怀库米特[2]的草长久地生长，

印石上的墨水已干。

别理会，鲍勃；

万物燃烧。

（1963—1964）

1　Wakefield Street，这里指新西兰惠灵顿的一条街。
2　Waikumete，指新西兰奥克兰的一处公墓。

岩石女人
(1969)

岩石女人

这儿南方的海冲刷着
海藻床和如鼓般坚硬的沙滩边缘。
它的灰色浪花柱轰响着
允许没有祭坛，没有背弃
只有一种模糊的折磨
在内心的边上颤抖着，变动不居。

不断地，孩提时我来到
蜿蜒波浪上的这块岩石壁架
小狗和海鸥在那里留下了粪便，
仿佛海分开的地面能够轻易立起
不再做男人的愿望
那在当时令我痛苦，如今超越了我。

一块雕刻得像女人的岩石，
痛苦的躯干，这个地方的守卫者，
讲述着雨滴。我不知道
她的表情拧干了什么悲伤，
在何等走不通的房间和坟墓里
我和我的同伴将沉重地行走。

岩石做的抹大拉 [1]

给我们非处女的祈祷。

在波浪的跳动中我们的痛苦苏醒了

升向你平衡所有折磨的吻。

在砍成的祈祷之石里

你为我们请求死亡时刻的宁静。

（1955—1968）

1　Magdalen，《圣经》中的从良妓女。

新西兰

给蒙特·霍尔克洛夫特[1]

这些未成形的岛屿，在锯木者的长椅上，

等待心智的凿子，

向南去的绿色峡谷，巨大而耐腐蚀，

很少被穿过，只被猎鹿者的

射击播种，或别的在鲨鱼

和章鱼的北方族群中，

红树林，一个拳击手手上的黑头发。

带着枪支和经书的创建者们，

植物学家，捕鲸人，额外的骨头和名字

给这片土地，给我们一个马笼头

仿佛身份是一匹马：多沼泽地的村镇

像奋力醒来的做梦者，

渴望着诗人的真实

和情人的傲慢。半新半旧的某物

摸索其自己的痛苦，听着

灰色苔藓帘子上的雨的合唱

1　Monte Holcroft（1902—1993），新西兰作家。

或者塔斯曼[1]的手指按在

变硬沙地的胸脯上，如同演员们

在镜子里发现了他们自己的孤独，

如同一个埋葬了他之死的人，

最后能够慷慨地给予。

（1960—1963）

1　Tasman，指新西兰和澳大利亚之间的海域，以荷兰航海家塔斯曼的名字命名。

樱桃树

给约翰·威尔[1]

上坡，上坡，越过

流矿槽，管道和已经

分节的老人扫帚的废弃

根部——在溪谷之上那么

高，一个软管喷嘴能够

让整个悬崖倒塌。

正值中午，当绵羊颅骨

充满了蝉，我

来到那棵不确定的野生

黑樱桃树前。在岩石

顶端下面，无保留地裸露，

过度生长的草，像

被扔进时间沟渠里毁坏的

迦太基[2]的土块，粉刷一个

爱尔兰人建造的草皮墙——那儿

成了一座小农场住宅。泄洪

---

1 John Weir（1935— ），新西兰诗人、批评家。

2 Carthage，公元前 8 世纪至公元前 146 年的国家，在今北非突尼斯一带。

冲出的深坑划开了小路
它曾经由蜂房和犬舍

导向山上果园。仅仅
剩下那棵干枯的树。在空中
半英里，在悬崖上面，
水坝，断裂的地面，
宽阔的岛屿，仿佛安全地
停在一只鹰背上，高高在上

在中午我尝过苦涩的
樱桃，泰然自若在弯曲的
树枝中间。那时我
在风摇晃得醉醺醺的深渊里
领会了一只在黑暗天空和
溃决的乱泥耕地之间

无处栖居的鸟儿或精灵的
叫声吗？倘若如此，
我应该已经在额头、胸脯
和肩膀上刻了十字架
标志，约翰，去把
死的悲伤和活的悲伤分开。

（1943—1965）

240

波浪（组诗）

1

在这儿被接受，只有这儿，

如其所是，而非石灰面具，

机器人或小丑的文雅，

但从土地里扯掉的可怜的

曼德拉草，不可能在土地上复原，

叹息的顽童，聪明逊于胎衣，

那个也许本不应该出生的人。

波浪漠视，抚慰，涨涨落落

不假思索。沙子或炉灰

从缠结的剑状叶草根部流出

总共三十七年，在

甜美的第一口牛奶到这首没有

营养源的干瘪诗篇之间，我的情妇。

波浪在满是扭曲石子的航道里砰砰作响。

2

这岛像一块陈旧、劈开的颅骨

它的额头上有草丛和骨针

殖民者带着火枪和历书到来之前
世界上的生命。
　　　　　　一个半疯的
孤独的六英尺高的渔夫
用炸药炸开了一条介于
海岸和岛的太阳穴骨之间的通道
以便他的船进入，改变着来自
海湾的水的流向。
　　　　　　有金矿
在沙滩下面的礁石里。
　　　　　　　　小时候，
我经常听到在那食管里
角逐的波浪与波浪的对话
如今拾贝者安全地前往
那里，因为潮水已经下降：
竞争着和遗弃在洞穴里的
性与智力被抑制的重量
那里，低处的水草缠住了白色章鱼
海岸的幽魂和唤醒者
在创始的暴风雨中收束力量。

3
海的声音将进入
那有书籍排列的上层房间，
渗入关于冗长爱意的

242

有罪之梦，如无用地挂在男人
腹股沟里的精液的绳索，
或窗格上被蜘蛛品鉴的
绿头蝇外壳。

波浪的缓缓的语言
给予真相到来的希望，
宽广，一次黑暗的相遇
与一个有着月亮般身体的女人，
水之众口倾诉着
抛开那些只在坟墓里
赤裸的人们的贫瘠安静。

4

在高高的潮汐边我这根燃烧的
无棺木的曼德拉草站立
看见月亮跨过
洪水的凸起
迎着潮汐的翻转，
那长着角、游行的
性交疼痛的女神
杀死了曼德拉草之我。
虽然每个石头和贝壳
闪耀在非凡的
从一对斧子和颅骨

跌落的光之箭，

免得我会被变成岩石

或者如大蛇滑行

或者穿着狼皮嗥叫，

我大声要求一个

活着的、呼吸着的女人

去阻挡并用她本人的身体

盖住我的身体，

但海与岩石中间

没有活着的人，

而我自己的女孩安静地

躺在她精巧的房间里，

为文雅所限定

将决不起来并且

跑下去翻过黑色的沙丘

穿着她过膝的草绿色裙子

去紧握燃烧的幽灵，

去和裸体的男人躺着。

那天空中的女猎人

大步前行，前行着，

潮水荡回来，以及与

旋转在我血里的毒水晶一起

站在绿色堤岸阴影下的我

从胸骨里的箭中。

5

如何区分火、咸潮

和空气的流动，某个不同于

章鱼、杀人卫星或者我们自己

思想扭转的尺子，培育痛苦。

其影子在正午躺在海上的

信天翁的翅膀

我将之作为一种被抽象的孤独

弄弯的精灵类型，

接受一切。波浪不贬损

或淹没共享它们流体运动的事物，

然而对人类的脾性来说

艰难的是让与的习惯，

面向拷问亚伯拉罕的小刀时

对以撒的放弃[1]。现在来吧；

诗篇是垃圾，我爱的肉体将死去。

欲望是迷惑，

但有人也许说先父挪亚[2]在

野兽们睡觉时保持观望，

---

[1] 亚伯拉罕晚年得子，神要试探亚伯拉罕，让他将心爱的独子以撒作为供奉神的燔祭。亚伯拉罕严格按照神的指示，将以撒带到神指定的山上。正当亚伯拉罕举刀杀以撒时，神的使者制止了他，并用一只公羊代替了以撒。相关事迹见《圣经·旧约·创世记》。

[2] 《圣经·旧约·创世记》里面记载的人物。

不知道纵然陆地会从

贫瘠的波浪里浮出。

我保留的那个方舟，那睡眠边缘的观望，

在黑暗之水起伏时。

（1963）

其他诗篇

蓝色盘子

一支家庭谣曲

那是一只小小的蓝色陶盘
　花了几个先令购买，
里面游着一条古怪的天蓝色鱼，
而相比他们结婚两月的念头
非常珍贵超乎意想。

她以家庭主妇的自豪系着围裙
　（她的褐色卷发松散地垂着）
清洗茶具后他再擦干，
他们之间落下一些口舌的火花，
一些痛苦的小毒蛇提供口舌。

于是在一分钟内登上
　一面又宽又高的墙，
僵硬的言辞陌生地向上立着
长大的苦艾遮蔽了天空，
把下面的天空变暗。

他们惊讶地站着，害怕看见
　中间的裂缝和悬崖，
使他们迷人的小树林里长得

249

那么绿的富有生命的树枯萎
他们曾以为它常青。

忽然陶器的碎裂声——
　　她靠着他的胸膛哭着。
小小的蓝色盘子碎了躺在那儿：
他们不在乎谁的心作出反应，
谁的辛劳的心作出反应。

里里外外新造的世界
　　成形，当那两个
呆傻的情人将碎片扫进垃圾箱
看着残渣大笑起来，
手牵着手大笑着——

并不知道，留在爱的城堡里，
　　别处的无聊日子
当，赤裸地漂流在睡眠之雪里
他们会争吵，挑剔，从不放在心上，
深深地刺伤，却几乎不在意。

（1950）

一位诗人的肖像

失望在起作用，戈雅[1]图画被
指定给他：在那个语境他懂得了
他的穿着死亡如皮衣的第一任妻子
和永远摸清他底细的第二任。

或者一个陀思妥耶夫斯基[2]的世界，好与坏
相互依存，只有对绝对悲痛的
渴望。不知怎的他似乎
混淆了基督和那不悔悟的贼。

被一个深如坟墓的裂隙
与童年分离，他将可能教得好；
对班上那个坚强的男孩有好感，
而倘若他逮住他们亲热却从不说。

这个大人物带着一杯杜松子汽酒
洒在诗篇里，在敞开的伤口中，羞愧，
知道世界如其所是的恼人恐惧，
不可饶恕，而依然爱它。

（1952）

1　Goya（1746—1828），西班牙画家。
2　Dostoyevsky（1821—1881），俄国作家。

时辰之书

德·贝里的《时辰之书》[1]：被均衡
冰封在彩页上的四季。
常常在上方，是日神的模铸战车
在一座靛蓝穹顶下；下方，是人
与兽的游行盛景，劳作的共同体，
心与手的秩序——哦文艺复兴春天的
田园之梦！想象的，绝非实际的
在这个或任何世纪。

而挂毯在一阵清新吹拂的风里移动
穿越了五个世纪——看女人们如何讲述
在一堆燃烧的柴禾旁暖她们的屁股
当老人朝手上哈气、咒骂着天气，
鸽子在雪上跳行，绵羊在圈里停止产奶；
宫廷小姐们如何天真地嬉戏
弯腰采集野花。小麦和稗子被
收割在一起，堆放在谷仓里。

他甚至还没有放逐异教的恐怖，

1　指法国贝里公爵（John，Duc de Berry）于15世纪创作的"时祷书"。

受难的动词，祖先的忧惧。

在三月的田野上，藤蔓修剪机和淡漠的

牛轭，童话式的城堡矗立

顶上有一只飞龙；在灰色的十二月

林中空地里猎犬发出长嗥，猎人的号角

诉说着被击中的野猪，被损坏的身体，

森林之年的消亡。

无疑从来不是那样的——有着圣母胸脯的

小姐们唠叨着她们的丑闻；农民犁着

下面的他自己的心，贫穷、封闭而盲从。

但和平之梦保持着，往昔责难着

我们的生命，病弱、贫瘠。有一种劳动的

舞蹈如收货般缓慢，人相谐于

他的高贵，那我们已经否认的快乐

逻各斯[1]的礼物。

（1952）

1　欧洲古代和中世纪常用的哲学概念，一般指世界的可理解的一切
规律，也有语言或"理性"之意。

贼与撒玛利亚人 [1]

你，我的朋友，落到盗贼们中间，
寓言故事比我们设想的更难。
我们常常说另一只手把刀
放回原位，上帝的恶意或粗鲁的
夜鹰般的土匪，跨坐的亚波伦 [2]。
我们被贼们厨房的烟雾弄瞎。

被欺骗的是人类；但直到诡计终结
明亮客栈的什么希望，爱的油和酒？
我带了一件舒适的油腻衣服，朋友
被钉在十字路口——我，贼，看见了
同样的在血与阴火中的曙光；
你的黑夜我也不能忍受。

朋友，脱掉了不让寒冷外泄的
双排纽扣套装——如果爱通过坠落的
星星回来，带着用于你致命伤口的膏药，
把你抬高到陡峭的客栈楼梯——

1　Samaritan，《圣经》中犹太族的一个分支，有"善人"之意。
2　Apollyon，《圣经·新约·启示录》中一位来自无底洞的使者，
也即来自地狱的魔鬼。

一个贼应该做什么，无拘无束且健康，
除了强暴地主的女儿，翻箱倒柜？

好好地检查伤口，朋友：了解疼痛的
要害。盗贼们只有被疼痛教导。
而当，不再生病，
你坐在明亮客栈里的桌旁，
记起那你也许小声歌唱的疼痛，以
一点面包、少量的酒用餐。

（1954）

中年之歌

我留下了什么去奉献？
歌，当树叶坠落，
一根缰绳和一把枪。
狂热的嘉年华
结束了，结束了。
而破布和骨头必须仍然
遵循爱的意愿。

小小的满足我能在
有名的纪念碑里找到
如果在我死去之前
一两次，我没有如一扇
摇摆的门高声大笑
每一件庄严的事情
和我自己的终点。

但我不敢盯着
太久的脸
破除了那下流的谎言
连同世界的恶行。
在生命的太平间里

爱人和孩子

毫不掩饰地哭泣。

威士忌不能使之

睡眠的变老的醉汉

注视着龙一般的岁月，

而穿着奢华的新娘将

流下过时的眼泪

不为她情人的过错

只为夏娃的罪。

曾有一个时期韵文

无法以它们的声音抚慰我。

铲子敲击在岩石上，

没有珍宝发现。

开启，开启

爱的虚弱的

秘密宝库。

（1954）

我们自己

回望沉陷的土地
我们不明白，
我们孩提时
爬过的树篱。

如今一点也不简单，
牛圈和瀑布，
野兽们不再喜欢
我们沉重的阔步。

在一块高高的石上擦拭，
手在脖子后面抓牢，
想起父亲的愿望
（我们违背了它）

或者在波浪上划一只
渗水的太湿的船
期望母亲的责备
不会唤醒北海巨妖。

所有太熟悉的土地神

在我们梦里颠簸而行

提醒我们：我们有过

一把钥匙却丢了。

一种犯错的方式

还能够适应，

一种任何盒子

被迫打开的感觉。

（1957）

给一位在比加索[1]跳牛仔舞的女孩

听着，女孩，凌晨两点
去在它们冒烟的蜂箱里嗡嗡响的
蜜蜂那儿。当警察
克罗克丢了他的指挥棒。
你跳吧，跳吧，跳吧，
沉醉于漂亮的牛仔舞。

现在你已经让大海进入室内
共鸣板在声音上漂浮；
长着狗脸的希腊人放下棋子。
今晚你将有快乐的梦
尽管咆哮的风暴把
绿色苹果扔到地上。

柔软如干苔藓上的水
这些念头被溢出。
但咖啡屋里的傻瓜，
回到寄宿处的家
在灵柩台上躺下

1　Picasso，指新西兰奥克兰的一个区。

那里跳蚤在被子上蹦跃。

城市是一个肮脏的母亲，
她不关心任何人，
她把老骨头藏在围裙下
喂给它们鬣狗般的静默。
高高的树枝被雨淋湿
将在太阳下重新变干。

（1957）

《安东尼和克莉奥佩特拉》[1] 脚注

平衡如何产生？
我不认为批评家知道，
弗洛伊德和布雷德利[2] 让我们的拇指抽筋
试图弄弯尤利西斯的弓。

对着诗人们微笑的红发的
伊丽莎白像一个明星？
我不认为答案
存在于任何国内的挂历上。

那位黑色的神秘绅士
在斯特拉特福德[3] 租了一间布满灰尘的房间。
猿猴和寒鸦在坚固的
埃及妓女坟墓上自夸，

而我，靠更稀的燕麦粥过活，
羡慕他晚年的不满足

1　莎士比亚的剧作，讲述古罗马首领安东尼和埃及艳后克莉奥佩特拉的悲剧故事。
2　指英国文学批评家 Andrew Bradley（1851—1935），著有《莎士比亚悲剧》等。
3　Stratford，伦敦附近的小镇，莎士比亚的出生地。

他把肥沃的尼罗河带到床上

留下了丰碑一样的世界。

（1960）

为天狼星而歌

既然没有不可能的爱
现在强迫、强迫我，
只有典型的劳动的
果园，木板和床，
我任意观看有着
平坦额头的死者——
那些渴望证明了什么？

一种疯狂的波希米亚心智
从非所是之物编制
想象的绳索去遮蔽
那无人能拥有的光，
直到真理被推翻
地狱的坟墓快速变红——
我可能希望找到什么？

黑暗，一根折断的权杖。
当更年轻的火燃尽
到一篇冷漠的悼文，
硕大的天狼星清晰地闪耀
在叛逆者和虔信者

木灰般的恐惧之上——

末了一个人能够失去而大笑。

（1960）

狄兰·托马斯[1]的葬礼

一加仑杜松子酒和一块猪肉，

托马斯赖床似的躺在纽约。

在巨大的妓院里平躺在她背上

英语在悼念她的配偶。

她哭泣着当她工作并记录下来。

他不会从死人胡同中退回到家里。

他与大熊座和北斗七星饮酒。

    那些短针裁缝们，

    那些棺材制钉者，

那些疯人院看守

          如今拥有了她。

（1953—1960）

1　Dylan Thomas（1914—1953），英国诗人。

冬 天

冬天分类了一袋风暴
在扁平、低劣的地区上方。

遥远的海边一个捕鱼的船长
注视着一对弓形的彩虹，
挪亚的好征兆，沿着黑色地平线，
盼望隆头鱼、肥鳕鱼、唇指鲈。

一名官员点燃煤气取暖器
温暖了他毛边的下午，
从灰色铁皮文件箱里取出文件夹，
咳嗽着，瞅了瞅电话机。

一个家庭主妇看着洗过的衣物，下了三天雨，
湿透地挂在猛扯的风里，
给旧椅子量尺寸做新罩子，
一种内心里冬天般的隐痛。

一个从学校磨蹭地回家的孩子
在水沟里搭了一座小小的细枝坝，
自个儿唱着虽然他的鞋

湿了，霸凌者潜伏在肉铺的角落。

冬天解开了一包石头
给老、病、悲伤、无家可归的行人。

（1960）

恋爱十四行诗

让你正午的美避开
抚摩着的风，那位名歌手：

他是年迈的饶舌艺人，亲爱的，
将所有黑色的豆荚破开。

让你的美避开天空
森林的闪烁的眼睛：

它们会提醒你，你的骨头如何
最终将成为一个空蜂巢。

仅仅把你的美袒露给
下流的男孩，我是那幸运者：

今晚我会带着两头红公牛去
小围场耕地，那里未曾躺过砾石。

撞击的肩膀、胳膊和犁刀，
只有犁刃平静地滑行在家里。

（1960）

榅桲谣曲

没有邪恶心灵能够存在之处
我知道有一个花园集市，

那个花园里长着一棵树
它的树枝上你会看见
榅桲、苹果和梨：

汁液由上帝自己的血构成，
我们的女士是花园蔬菜。

苹果代表积极的生活，
文书和犁田者，护士和妻子，

梨，它是深思熟虑的
并且有，人们说，更甜的口味，

快活的榅桲介于之间。

女士，让你的榅桲成熟，
诗人，赌徒，才子或小丑，
别让我们的盐汁变成废物，

用你巨大的斗篷保护我们
当恶魔试图撞倒我们，

要远离那管闲事的人
那老的讨厌榅桲的清教徒。

那时我可以自由歌唱：

"莱斯米兰达，莱斯米兰达，
给这个幼童我们带来的礼物。"

（1960）

贝雅特丽齐

沿多叶的小径上升的他

来自粗暴的、女性化的小镇,

她的缺粮、漆黑、后妈式的街道,

她的地牢和逃脱的梯子,

希望在高高的灌木丛里的

砾石中间找到一种纯净

瀑布的声音,把光倾泻到他身上,

或者女人的月亮般明亮,除脸之外,

只找到了他已经制造的形象,

一个握着辨别力棱镜的人,

这个人,在瑟茜的笼子里看见

猪似的刚毛长在他粗糙的下巴上

并且将谴责,并且将谴责,

直到他能从他侧面扯出心来。

(1961)

下山路上

沿着石头砍成的台阶

从封闭的绿色高地下去，

在积满早雪的山谷里

经受冬天的眼镜蛇般咬噬，

他们看见树林里袋状的兀鹫

似残酷的护士等候，

而那个被毁坏的巨人

像一个孤儿在他的记忆里

挖掘力量和安宁的陈旧言辞。

"接受"——他说，且——"事实是最好的。"

但他旁边憔悴的女人

把她的褐色长巾拉到胸前

仍旧回味着大蛇的时光

仿佛没有失去伊甸园。

（1961）

克鲁萨河 [1]

一根绳索上的铁笼跨过
宽阔的河流，它悦耳的线圈
比卡律布狄斯 [2] 更古老，缠绕着
巨石，身体，和蓝色的鳗鱼。

（1961）

1　Clutha，新西兰南岛最长的河流。
2　Charybdis，古希腊神话中盖亚与波塞冬的女儿，荷马史诗中的
女妖。

布莱顿

前面装有玻璃的小屋立着
观看跨跳着的褐色波浪

它们消失在咸河的入口
每次潮汐时被沙滩阻塞

一个充满了耳朵的小镇！他们曾经
安排一辆大车绕过沙丘带回

喝醉的长辈。泰太草，滨草，
什么也没有教给狭窄的罐状教堂。

围着高高堤坡的绿色领地之外
躺在羽扇豆迷宫里采摘龙的

苹果的男孩女孩，现在长大了，
我待潮水退去后去了海边

搜寻诗篇，在那里我四位死去的叔叔
杰克、比利、马克和桑迪

从破碎石头的拍打中留下他们的诗行
献给红色肥鳕鱼和小嘴的绿骨鱼。

（1955—1961）

缪 斯

一个很晚从流动的黑暗里到来的人
被分给了损坏的屋子里的一个房间。

他带着靠近他拳头的一根蜡烛和一把
匕首躺下来；他喜欢让它们靠近

因为房间里有很多涡卷装饰，
看不见的壁橱，摆来摆去的帘子。不过

他在宽大的散发着樟脑和苹果
气味的四柱床上睡着了。随着

十二点的钟敲他醒来，找出蜡烛，
在他左边坐着某个有分量、有分量、

有分量的人。在颅骨般明亮的月光里看见
一个又老又黑的老太婆用红色蛛网状的眼睛

瞪着，白色环状羽毛，离他脑袋六英寸……
你大笑；但我没有。门外

她等着我们两个。多雨的星期天
当我小的时候，因自渎而神经过敏，

我感觉到她的呼吸在我锁骨上
听见她围裙的沙沙声。后来

当杜松子酒下沉时她造访了我。
现在我学会接受她如同我发现了她。

我想那个阴冷的老妇人是我的缪斯。

（1961）

重访达尼丁 [1]

三个时钟敲着早夏的节拍
穿过冷如沙克洛克炉灶 [2] 的小镇，

或者像一具躯体，躺在爆裂、
腐蚀、忍受世俗变迁的生石灰上。

在这儿我连续喝醉了许多天，
有了抱负，坠入情网。在多云的

天气我在八角街没有碰到幽灵，
城堡街上没有扎着辫子的女孩，

但肩上有鸽子的罗伯特·彭斯 [3]
干瘪如爬在公寓酒吧墙上的帽贝，

又像滚着巨石的忧郁的西西弗斯
那位老迈的博物馆游民对着

1　Dunedin，新西兰奥塔戈区的首府。
2　Shacklock range，是一种炉灶的品牌。
3　Robert Burns（1759—1796），英国苏格兰诗人，此处指他的雕像。

膝盖被足球擦黑的蹦跳的男孩们叹气
他们一点也不在意他。

在自行车上他们吸吮着从圣克莱尔那边
升起的风笛状云的甜美、清新的空气。

（1961）

橡皮猴

夜里很晚了我儿子的红猴子
蹲在书架上，准备
自动敲打咚咚鼓

倘若你捏一下球体。它是
一种有意义的象征。福玻斯操作[1]
同等地擦掉愚蠢行为

和体面的演讲。将会从
无线电波段里传来无言的哼哼声，
橡皮猴狠击他的鼓

而蘑菇在城市上方猛烈地
生长，消散在它们的熔炉里
青春和时代的力量，遗憾的烧瓶。

（1961）

---

1 Phoebus，古希腊神话中的日神，赫利俄斯和阿波罗的别称。"福
玻斯操作"大概指一种机械装置。

风　暴

气泡藻的叶子，宁静的壁架

一夜之间被风暴的牙齿吃掉了。

我听见不育的海上巫婆狂怒地

徘徊、猛击着大地的沿岸。

早上我爬上大风击打过的有亚麻

和石头的山脊，俯瞰奋力移动的浪花，

想起了你们，在戈耳工[1]的臂膀里约会

穿过平静，穿过风暴。

（1961）

1　Gorgon，古希腊神话中的蛇发女妖。

果 园

受你的爱教导我不害怕
去拖冥府的梯子
向停尸架上的夏季微笑。

因为没有黑暗可能寒冷到
冻住你凤凰般的心，
而你没有变老，

今天，我的爱，比
我们走在洪水泛滥的堤旁时更年轻
而我第一次进入

你果园的静默
试着以笨拙的口舌接近你的名字，
为我们两个将激情的帐篷搭进
我们的日子像舞者前行的地方。

（1960）

树

那时没有什么是邪恶的。剪辑晚些到来。
三十年前，沿着时间的摇轴而下，我明白，
对于心与箭符号太早了，
一棵包含渗出树脂的阴户的树
在那里我和有着强健肌肉的表亲
不断地攀爬。它的鸟屎飞溅的树枝
召唤粗俗的母性神秘
那滋养了他的和我的生命。

在一个诡异的树屋里抽着我父亲的
烟叶，或者慢慢靠拢一个向天空
敞开的托架的摇晃旗杆，
跨上那些巨大的缠着蕨叶的扶手，
我似乎被风加入了
它的漫长谈话，关于
某个为鸟儿或人们所知晓的秘密；
也许那导致我叔叔死去：

某些事物对于词语太难，我的表亲，
跟随我爬着那个梯子，
会认为我疯癫，像一只负鼠

从树上滑下来，用力举起
剪刀和夹头，命令我试戴上
他的拳击手套。然后与他搏击
我完全忘了我的口袋里装了
绿色的大果柏果仁，时间的种子。

（1962）

雨

季风已经铺展它紫色的
眼镜蛇面罩。像残忍的护士
榕树上的兀鹫
树枝们盯着它们当它们
降落。链状闪电跳跃着
从喜马拉雅山到丛林的发源地。
那个有巨石肌肉、狮子胡须的男人
说，"上主！我是
你的仆人。"而他身后
瘦削的女人拉紧了她的长巾，用力
抽泣着，仿佛她自己的身体里睡着
那大蛇的寒冷的卵。

(1961—1962)

男孩们

我不能去

男孩们去的地方，在夏天乘湿划艇

逆流而上，经过牛场，

直到在岩石弯道

他们挥动的船桨擦伤了

灌木[1]在那里凝视并伸展它们大腿的

一面宽大的黑色镜子，

一个去往世界中心的洞，

等着吞下太阳。我想我是

漂浮在那儿的无形的溺水者

在淤泥躺椅上，被鳗鱼

和鳟鱼拱着，被水草的

胳膊紧紧托住，重新

上升到白昼的炫目中，叫喊的男孩们，

船只，被吹过水面的荆豆荚果。

（1962）

1　原文为毛利语：ngaio。

在塞里耶尔 [1]

石头河床上的罗讷河 [2] 的蓝色水
停滞着，在有很多蛇的岛屿
后面的池子里打转：我随着
我游泳衣里的石头下沉
到淤泥底层，像螃蟹行走，

那整个夏天都在吸入
空气，知识。野外山顶酿酒庄园里
苦涩的有粗糙表皮的葡萄
和时光，时光，像长长的断成
两半的面包，当我用一根细绳和一块

刺破的石块钓鱼给伊薇特，经理的女儿，
在旅馆院子里杀鸡。
那个我弟弟在那里折断胳膊的城堡，
是的：旋花葡萄糖，地牢里挨饿的鬼魂……
但家庭相册不包括

我在铁处女般、有一点臭味的堤坝里

1　Serrières，法国东部安省的一个市镇，盛产葡萄酒。
2　Rhône，法国东南部的一条河，流经塞里耶尔。

288

不停地弹拨的

性感的新吉他，或者那个复活节，

透过被褥里的缝隙，看到我妈妈的穿戴：

粗壮的大腿，灌木般的黑色毛发。

那些野生的红葡萄是苦的

然而你不能从列表种类辨别它们，只靠外表。

（1962）

海底小镇

那小镇再平常不过了：它有
一条小溪，一座桥，一个沙滩，一片
覆盖它的天空，甚至一间小的我从未
去过的罐装教堂。我的弟弟、表亲们和我
做着男孩们做的事——在教室里

打瞌睡，制作弓箭，躲开疯狂的
造船者，用微弱的火把像兔子
蹑手蹑脚穿过地下滑槽，
焚烧干灌木，摔跤或游泳，
没做要紧的事。回头看，区别

是我们不明白我们自己的
死亡在一只被油污染的海鸥的死亡里，
而狗的交配没有
提醒我们我们自己的。在青春期，
或者第一大罪，海水在一个砰砰作响的

夜晚升起并吞没了陆地。鲨鱼
和章鱼在人类呼吸的
黑暗之门里欢庆胜利，

而蜘蛛样的螃蟹是强大的。气泡状海草，缠结着，
被浩瀚闪烁的吃人

之海抛起。我父亲的火枪，
我母亲的金耳环，
和我丢失和为之哭泣的玩具羊羔，无法接近地躺在
很深的双壳贝中间。也没有任何
铃声响起，在多风的日子，从那些

制作棺材的潮汐的宽大肠道中。
那是一种自然的睡眠。
然而有人说过（不是傻子，没有被金钱控制）
越过这个垂死的世界和监牢般的
炼狱之屋，一块陆地美丽地

延伸为了人类之眼，在那里碎裂的爱、打破的誓言
重新愈合。水必须
存在（他们说）以满足口渴；
我们的渴望是巨大的。那第二个天堂
我们用第一个衡量。

（1962）

海 峡

从美罗群岛出发小船航行着

负载了猪、黑葡萄酒，桨手们微笑着

一想到他们长腿的妓女，那么轻率地

得到和失去，当海峡映入

眼帘。幽蔽、无树的悬崖，被

战栗的波浪紧紧抱着，

比飞箭更高。他们的船长说，

熟悉所有的危害除了这个——"我选择

岩石。"他们用力拉桨；小船离开

（像一只朝狮口飞跃的受惊的雄鹿）

到了**骄傲**的岩石，**绝望**的漩涡；

靠近黑色的峭壁，小船冲过巨大

水草的呈脊状的根，当卡律布狄斯在左边

咆哮着。他们几乎自由了，这时一只尖叫的蛇头

从它的大洞里悬吊着；另一只，另一只；它们垂挂在空中，

八个人被颅骨般发光的毒牙攫住，像落入

斯库拉[1]洞里的山羊。在开阔的水域他们的伙伴流着泪惊诧。

（1962）

1　Scylla，古希腊神话中吞吃水手的女海妖。

给长崎[1]的一个小孩

已经看过一片火海，然后
一片灰之海，她妈妈的头
在南瓜地里的地面上，艾奥柯躺在
赤城[2]的一块石头下面。还不到十岁
她喜欢蚕豆果酱。你们死者的守卫者，
安慰这个孩子吧，在你们的奥义中那么小。

（1958—1962）

1　Nagasaki，日本城市。
2　Akagi，指日本关东地区的一座火山。

玻璃灯

我记得大部分，那河

多么弯曲如从父亲峡谷里

出来的明亮的马刀。我母亲

领着我经过小围场上发出

嘶嘶声的公鹅，到另一间屋子

某人在那里点燃了一盏煤油灯，一根

辫子状的白色棉灯芯在一个

玻璃灯罩里，推回着黑暗，

一簇玫瑰似的火焰在河口边屋内的房间里。

我现在记得非常清楚。

（1962）

思 乡

我讨厌这讲究仪式的临终者
墓地般的平静，在那里
我母亲，蹲着，内心强大地，有白发，
注视冰岛罂粟优美地握住
微风。我恨且爱
时间之树，灰暗的金合欢树林，
和楼梯上的瞎眼魔鬼
它守卫过并仍然守卫着布满蜘蛛的房间
我在里面写诗。看起来在港口小镇的
兴旺酒吧里消愁更安全
然后在上帝的灰坑里
搜寻一些燃烧的煤点亮幽暗；

确实没有亚当的孩子仅仅
期望宁静。它的思想
是死的。我看见彩虹立在
那些不安的水域，我在那儿钓鱼太久，
太晚，然后抓住了
利维坦。我恨且爱
那座花园，我父亲早先在那里
教导我——是的，太早——被

切断的蠕虫如何必须原谅锹、犁,

或者如何把苹果枝嫁接到山楂树的残株上。

错,对;对,错;

女士,我出生于矛盾中。

（1962）

阎王的眼睛

我看见横的暴雨急速掠过
潮湿的红屋顶和诺福克松树，
在辛梅利亚的此地，血液
变得麻木。我们的小巷喷出淤泥；

但某个超乎天气的事物鞭打着
细枝，晾衣绳，
猛敲着寄宿学校阁楼的
窗玻璃。那接近以赛亚 [1]

嘴唇的白热的炭火
被它扑灭。据说雨
在我们的大脑里孕育了霉；
深渊的眼睛

检查我们；阎王的眼睛
已经了解了我们的情况。它们把灵魂
连根切断。如果我能想出
一种辛梅利亚的形象，那会是

1　Isaiah，《圣经·旧约》里的先知。

一块方形黑石，一位无臂的尼俄伯[1]

它的表面出着汗，一个见过加里波利[2]的

醉汉或一个特雷斯[3]女房东

心中的一块哭泣的石头，

一块悲痛欲绝的哭泣的石头。

它宣示了如其自身的冬天的力量。

（1962）

1　Niobe，古希腊神话中的人物，底比斯国王的王后，死后化为一块哭泣的石头。

2　Gallipoli，土耳其的加里波利半岛，第一次世界大战时，澳新军团在此登陆，加里波利战役是"一战"中最著名的战役之一。

3　Terrace，大概是新西兰某个城市公寓的名字。

苦肉计

在喷水下面两块朝上的木板上

保持平衡，我不停地摆弄一把刷子。

我妻子告诉我慢点；

我正在考虑

如果我像一只公海豹跳入水中

向下三十英尺到水泥上

我们的女士会抓住我吗？

我表示怀疑。

她在厨房里唱道，"就在今夜[1],"

像一只奥普纳基[2]鸫。

我的严格让她充满活力；

我在获得美德。

我女儿在下面哭哭啼啼地抱怨

有人说过的某句坏话，或者

那只在我床下安营扎寨

吃灰泥的肥猫。

她认为我是一个巡回

演出里的杂技演员。今晚。我儿子

带给我一只装在瓶子里的蜘蛛——它的

1　原文为毛利语：Ko tenei te po。

2　Opunake，新西兰北岛西部的海滨城市。

皮下顶部红如烧过的旧黏土——
看，爸爸，看！阿特柔斯[1]的
房子在正午太阳下闪着光。

（1961—1962）

1　Atreus，古希腊神话中的伊利斯国国王。

潜 流

今晚我们的猫，塔西，它不久前失去了
一根眉毛，在灌木丛里与另一只猫哭叫；

我们的产自西藏的玻璃捕鬼器还没有捉到
鬼，只有叮当声悬浮在我们涂过漆、

扩大过的壁龛里。我不明智地读过
萨特关于想象的论述——非常枯燥，非常法国式，

一只脑袋里有噪音的老猎犬
它想到狩猎依靠，却又害怕行动的

臭气——他教导我们人类的选择
极少是真实或仁慈的。我的孩子们睡着了。

什么东西在厨房里发出哗啦声。我听见
潜流的声音，它很深、很深地流进

我无法进入的洞里，它的虚弱的绳子
用有人称作希望的习惯，拉着我的潜水杆。

（1962）

洪 水

在那些长途步行中我沿着
潮湿的石子路去过斯克罗格斯山[1]
或某处别的常在的地方
从那儿看农场荒芜而狭小，
房子甚至不见踪影，
我想，它是我寻找的我灵魂的
隐蔽面孔，正从贪婪的
城镇，沿着牛羊行走的小径回返：

欢乐，荣耀，原始的魅力，
作为真实的维度承接着
天上父亲的愤怒，
而曾经，伴随小雨飘落，站在
泰里平原上，在那里褐色洪水
覆盖了围场、小屋和栅栏，
当时我内在的守卫说：所有
知识，孩子，是关于**堕落**的知识。

（1962）

---

1 Scroggs Hill，在新西兰达尼丁市内。

澳新军团日

那些楔形的三趾鸟标志
被铭刻在一大片玻璃旁

因为塔威瑞马提[1]，风暴之父，
保留了澳新军团日。我儿子和妻子挖出

一只紫色海星。接近夜晚我们看见
那可怕篝火般的行星萎缩中的气体，

神圣的太阳，沉没到波浪下面。然而
我确实在一张毯子上靠着我女儿

睡了半个下午。像一块圆石
躺下来就很好。躺下。

没有火之吻，没有上过弦的竖琴在胸前，
变老是让所有过去的岁月埋葬在

上帝的内心里，以一无所有而拥有
足够，然后在自己的坟墓里躺下。

（1963）

---

1 原文为毛利语：Tawhirimatea，毛利神话中的风神。

卵石滩诗篇

（通常）有一处空的空间
在世界大蛇的

上下颌之间。在那里，全部的日子
仿佛是一个，孩子们拍打

他们的海藻球，吹嘘、争执，在岸边
搜寻小螃蟹。没有回到梦想

时光的路，我反而忍耐
这个对成为无的渴望。我祈求

黑暗天堂给那个他们昨天
从浪里拎出的女人安宁，

她有青色的耳垂，虽然她是一个好泳者，
却被波塞冬 [1] 摔在水草床上，她的浅棕白色身体

装点着卵石。她被水下逆流

1　Poseidon，古希腊神话中的海神，为克洛诺斯与瑞亚之子，宙斯之兄。

来回地翻转。

我懂得这个。姐妹，记住
还在生命渴望之圈中拼命的我们。

（1963）

农 场

有着蓝色云状眼睛的牛犊
把它们的脑袋伸进桶

和鼻息喷出的气泡里。我记得这斜坡
在那儿瓦尔特和我用铁路线下的大槌

劈开老而干的原木。整个农场
隐藏在我肚子里的某处，仿佛

我吞下了它：小溪，牛栏，干草棚，
锯木坑里的木头屑和树脂。

那时所有的小路通往外面。我没有看见
树下鸭茅草里的骨头和苹果

怎样腐烂，或者猜测这世界，
一枚太阳凝视下的麦卢卡树果的尺寸。

（1963）

早班火车

那些沉重的云飘移在
港口内湾、仓库、铁路站场上面，

早上七点，可以提醒给我的票
打孔的列车员他忘了刮胡子，

或者看起来像他妻子的乳房。对我而言
他们看起来像阴间的梁子。我同行的旅客

有陈旧石头的脸。我注视他们
群山般去赶路，穿过阴影的兽穴

去往熔炉和车轮。他们不需要书本
告诉他们身处何处，在坟墓的地洞里。

对任何相关的真实无动于衷，
戴着千篇一律的黄铜色头盔，

他们的父亲视悲痛为田里的雹暴
或者从一棵腐烂树上扯掉的树枝。

（1963）

房屋粉刷

一个下着小雨的
下午，什么也没教——灰色的
上衣打湿了当我
在架槽下面粉刷

蜘蛛们在那里把黑棉布
放在角落里。南风对着
我们的梯子猛推，生活
正是如此——一种在我们皮肤

外面不宜居住的
混乱的感觉，在它的
紧握中意志变得麻木。我把
新的白漆刷在厕所的

窗子周围，想起
罗马的刑具，被钉的腕骨，
粗糙的木材削砍为了人子的
必然死亡——但悲痛

产生于原始的知识

即颅骨的位置是我们

低头俯身的地方，在茫然的平静中

不能从里面

砸开笼子。信仰消灭了

它所源自的根基。上帝的坟墓里

留有空间给每个我们使之

苏醒的上帝之梦——此外

我们不会共享那成为空虚的

污秽的洞穴。入夜前

一半工作已完成，看起来

当时离开再恰当不过。

（1962—1965）

海 狮

他从海里出来，一个
雾天——我们发现他在
沙丘的一处毯子状洼地里
（内脏有病，他认为土地
可能让他好起来？）灰皮肤的
如一块磨石，被戳着的

小孩们和一只狂吠的傻狗
墙一般地包围——粗暴的海的礼物，
那些笨拙的鳍状肢，在
陆地上是无用的，除了
像坦克似的转动，发出
公牛的抗议般的怒吼。这巨兽

有一个老商人那样的
粗脖子，每个褶皱充满了
盐垢。他有难闻的气味。苍蝇
紧附在眼眶和鼻孔上——
再次跳跃，从变黑的
颌里发出种族的喊叫！对救助

没有主意，我们注视波塞冬的

垂死的孩子……那个晚上暴风雨

打断了栈桥的骨头，一连串

雷声用很多种语言

唤醒了我们全部沙滩

和潮水的整个午夜裂缝。

（1952—1965）

惠灵顿港

多么安静、巨大，从山脊上长出
云一样的柱子和树——

应该从这个学到某种东西！
比如说，气象的反讽，

那土地、空气、水，婚配、养育它们自己，
而我们这些生于火的人还不能；

诸如此类。但没有人
可能那样；因为实际上

在那个充满雾的盆地
火花跳动，齿轮紧咬，思想退缩。

而狮子以无信仰的
丹尼尔[1]的骨头谋生。让

1　Daniel，本为一般的男子名，也是《圣经》中一位先知的名字（旧译"但以理"），该词的希伯来语意为"正直的法官"，亦引申为勇敢、善良、有智慧的人。

被捣碎的波浪恼怒，看看
那宣传减充血剂的广告牌，或者

从港口底部来的挖泥船
拖着湿的淤泥和贝壳。

（1965）

碑 文

精通关于身体的动词是难的，为
戈耳工拟订一种得体的言语并不容易。

我父亲留给我一块修过边的磨石
我母亲留给我一只有马赛克图案的尿壶：

不太够。我在夜间对着负鼠
说话；下班后放一本书在膝盖上

坐在前门外面，不再挂记
诗篇、宗教、性和金钱。

如果春天把绿色柳树样的尘土
投到打开的书页上，那只是土地

赞成这个肉体自由的迹象，
一股横卧的水从中世纪的石里涌出。

（1965）

北海巨妖

在叹息的梳状之水谈话的
断裂栈桥下面，希菲[1]修剪过的

长长的绿色草坪等待
潮水抑制的吻之处，

散步在峭壁尖的砾石和
废弃的火炮掩体上的你，不

期待破坏它自己法则的大海，
或任何从港湾咽喉

诞生出来的维纳斯。甚至由这
挖出的泥土、骄傲的神态，某种比

它们意指更天然的事物构成的，
悬挂在博物馆墙上的死者。当夜来临

你将听到灯塔那里雾角

1　指新西兰探险家 Charles Heaphy（1820—1881），新西兰南岛西
北部有一条以他的名字命名的著名步道 Heaphy Track。

用打战的音调说话，看见北海巨妖宽大的

刺眼的卷须怎样像烟一样
掠过石颈、咕哝着的平地、房屋上面。

（1966）

轨 道

河的门变宽。摆脱了
所有时间的废物。现在心超越
对任何其他身体的渴望

也不在意自己的：这知识
像磁铁拖拉着。轨道被
落石切断，不然它从

用网连接的裂开的林木上
横跨沼泽和小潟湖。我们肩酸
脚痛地来到船库，

而马匹不得不游到那里
一个爱尔兰人用单桨
把我们运送过去。经两块挂在

绞合线上的厚板我们跨过另一条
源自瀑布的沸腾的河，一股未用过的
力气开始在灵魂的中心移动，

计算着我们的步履，已经因疲劳

而晕眩。有巨大的裂缝在
最大的第二个圆石下面，它可以

供一个旅人晚上住宿，没有钱
支付，在那里蜘蛛和褐色秧鸡
是随和的房东。我们不得不

早点穿过有蕨类和倒挂金钟的
廊道，到达那座安静的湖
在蓬波洛纳[1]前面一二英里

在那里我们休息，石头一般滑行在
黑暗水面上。雨水打湿腐烂的树木
覆盖了厚厚的苔藓，保护敏捷的

扇尾鹟和笨拙的鸽子，仅仅亚当的
黑色种子能够缓慢、缓慢地
丢弃它存在的需求。正在升起的

卡其布色血将扯下挂在它
上面的树枝。只有死者
轻易地走过坚硬的石头之门。

（1966）

---

1 Pompolona，位于新西兰南岛的宿营地。

对松果的看法

当松果在炉箅里

变得炽热，那是

自由的一部分，焚烧的

自由：我们从一扇带刺铁丝网门

后面采摘它们，门上有一个

标牌写着：不法进入者……我们

用手推车运出重袋，沿着

始于德尔菲克松树园的

一条霜白小径，从散落的

湿松针墓地里拣出

大大小小的果子。它们

年复一年掉落。松树下

小溪的自由之歌

不能激活我迟钝的

心智或内脏（只有危险的

感觉能够），并使所有

行动的神经敏锐。一个贼

看到了更绿的树叶，更黑的石头

和一片醒着似乎在注视

他的天空。今晚当

果子膨胀，变得红白

相间，我喃喃自语——"成熟

是一切"——但从未懂得

上帝和一个贼玩着什么游戏。

（1966）

来自达菲家农场的风景

门差不多破了：
里面有空气和空间，
没有人可能带着

一封索求爱、意见
和金钱的电报造访，
因为地面的高高的唇

曾经属于马特·达菲
现在属于风，它沿着
这条路吹过了南海

携带着冰——农场
最初主人的气味。火炉
生锈了；洗碗槽干涸——我的鞋

蹭过负鼠们在一间长久
废弃的农舍里留下的尘土
发出响声。然而一个人在这个

地方几乎不靠任何东西

可以过得相当好——一些来自
隔壁田里的蔓菁——从

岩石上搜集贻贝……太阴冷，
你认为？我修补了
莎拉睡觉的卧室里的

旧充气垫……莎拉填满了
达菲生活中的树篱缝，
也许更像一个烧伤的小孩

而非一个事实存在的 [1] 妻子：
喝醉了，她会无偿地
给一位非常富有的男子

买一杯饮料。平静地
耳洞上有一条带子的
丈夫达菲会说，

"到卡车里去！"太简单……
她下葬后不久
在一辆公共汽车上他说，让

---

1 原文为拉丁语：de facto。

所有人听见，大大地张开双臂
仿佛要握住某个空中的
女人——"她像一只霜里的

鸟儿死去"——没有幽灵，没有人
将在这里出没，因为门
幸运地破了

如同心、生命、岩石碎裂。从
那儿往下在扭曲的没有
产果的苹果树下，一条河

看起来弄弯了草的头
无形地奔流穿过
弯曲的溪谷。它

春夏无间地向下流淌
到了海滩、镇区，仿佛
从达菲在黏土里

挖出的洞中奔涌。信仰
不是为它起的名字……让
内心歇息，知识的坚固

重量滴落，当冬天的光

闪耀在门外的褐色

蓟尖上：我不能

有超出这个的期许，泥块

被净化过的霜

分割，秋天的蓟尖发出

沙沙声——空间、空气、光线

在一间破了门的房子里。

（1966）

河

没有什么像
这些天能看见的河
那样宽：它是
暗褐色，很深
在牛吃草的拐角处，

默默地从麦肯齐的
小屋旁奔流
他在河的边上
造他的小船
巧妙地从弯曲的

麦卢卡树中挑选坐板，
而我们划船溯流而上
经过鸭子岛
它在一个
整日的静默从未被

打破的穹顶里——现在
我打破了它！河
充满脏的水草和淤泥

比我

设想的更窄，灌注了

一千条下水道：如此

心被观念的小刀

随意扭曲：小溪

向大海奔涌

找着它无需我们的路。

（1966）

椅 子

仿佛在时间和
光的开端，这块杯状岩石
青灰色，灰石色，
坐落在不断涌来的浪花

覆没万物的迸发之上
那些浪花向下流进港湾
外面的海峡里。你踏上
一条渔夫们取道

来这儿的小径，它蜿蜒而下
沿着向大海和天空
敞开的岬角的
凸出部位，穿过

滑溜的草丛。奖励
是艰难的平安之一：
完全地被
容纳在一把有疤痕的

石椅上，位于褐色和

灰色海石的多样生长物之上
在它们长着触角的生物的
幕帷中，这时某种

愉悦在心的中央
直接地、令人疼痛地移动
一把燧石刀；这
无误的瞬间。

（1966）

春天致父亲

父亲，渔夫们在黄昏
下到岩石上去
当静默的潜流中的

泥土被浸透，然而
他们踏上囊状的海藻
仿佛死与生仅仅是

潮汐的变奏——
这时你在花园里小心地
移走破损的草皮

用于架起春天冰雹后
留存的水仙花。你提了
一煤油罐松软的

面包和羊骨给那些
狡黠地在灌木丛下
生完蛋跳起来的母鸡——

你八十四的腿总是

不太结实。好吧，父亲，
在一个炸弹和毒品的世界

你仍对我施魔法——没有
其他人跟你一样！那微笑
像水上一轮低垂的太阳

透露着即将到来的苦难。当
约伯[1] 对着以色列石[2] 呼喊时
我应该偷听吗？

不；只有哀悼那悬挂着
变干的渔网，然后和你
走一段通往大门的短路

在那里番红花拎起了土地。

（1966）

---

1 Job，《圣经》中的人物。
2 Rock of Israel，参看《圣经》。

去达尼丁旅行

我们在一个星期三驱车向南
进入更晴朗的天气，

被温柔地裹着像死去的
雷鸟腹中的胎儿，

往下到我们（我妻子和我）青年
时期的城市——一个安静的地方；

但格局变了一点。那些瞭望台上的房子
（颅骨灰色如郁特里罗[1]画的某物）

不明朗地闪光。此刻我们注意到
一个采石场像一个肿瘤

切去了萨德尔山[2]那个更小的
乳房的一半。而我记起

在这一带死者如何长眠在

1　指 Maurice Utrillo（1883—1955），法国风景画家。
2　Saddle Hill，或译为"马鞍山"。

粗糙的黏土下面，他们将在审判日

于愤怒和希望中站起来，
摒弃这安静的小镇，这安静的云，

他们结实的、削剪草皮的手，那么像我们自己的，
弯曲在各自终生疼痛的痉挛中。

（1966）

在皇后镇 [1]

如果你在一个晴朗干燥的早晨走上去
你会在陡峭马路的封冻雪泥上发现一些

狗踩过的痕印，在下个弯道的另一侧
是长着带粉烛形物的枞树，

然后在长长小丘的顶部
一间小木屋，不是一座修道院，

一个人从它那里往下看风景：
像水龟虫的船只，

木质汽车旅馆和松树岛……
而随后一轮满月将带来

她自己的奇异的相片，
黑色岩石伴随八月雪的经脉！

此刻当你脑袋上的

1　Queenstown，新西兰南岛瓦卡蒂普湖边上的小镇。

失明之眼奋力睁开，

承认：它是美妙的，但不太人性，
一个嗜酒狂的监狱，

像一包屎坐在一个高档酒吧，
从不走出死一般的恍惚状态，盯着

无特性的阶地状群山，湖的
巨大而茫然的蓝色眼球

它不会在意你是否离开或停留
只关心你是否有钱。

（1966）

在弗朗兹 · 约瑟夫冰川 [1]

河床上火热的赤褐色春天
是干燥的，但一股硫黄的气味

出没于冰川表面之下断层线
一带的树林间，在那里向导

用一把冰斧劈开一块精巧含米特 [2] 砾石
给我们展示那如血滴般的

石榴石岩。布伦纳 [3] 提到过这个地方：
"三月是涉过河流最坏的月份

由于增长的苔藓……"是的，探险者，
猎鹿者，不得不经过这针眼

抵达他们要去的地方。我承受的悲伤
算不了什么。所有的人死去。我能

1　Franz Josef Glacier，位于新西兰南岛西部的韦斯特兰国家公园内。

2　Hamite，即含族，《圣经》中挪亚次子含的后裔，居于东北非洲。

3　指 Thomas Brunner（1821—1874），19 世纪新西兰探险家。

在界碑或树上留下什么记号以告诉
下一个到来者我的想法是人类的？

当红苔藓生长在冰川石上，
然后是更厚的孢子，其酸性粉碎了它

一点——然后可能是鸟儿掉下的种子，
制造自己的土壤，向下输送根系，

使岩石分崩离析——如此我的言辞也许
给一片缺乏人心的土地带来荫庇。

（1966）

在福克斯冰川¹ 旅馆

一种爱,一幅旅行社印制的倒映在
马瑟森湖² 的阿尔卑斯山³ 图像

(上下颠倒它会看起来一样)
在一间餐厅里微笑,一面可爱的镜子

供中年纳西索斯如何沉溺其中——
我是特别的;我不想往上

落到天空里去!此刻,当红眼、粗鲁的
西海岸的酒徒们爬进他们的卡车

在柱廊和长满苔藓的芮木泪柏⁴ 之间
呼啸而行,我在一个端板取暖器

前面的躺椅上坐了一会儿
和我妻子、儿子等待就寝时间,

1　Fox Glacier,位于新西兰南岛西岸。
2　Lake Matheson,在福克斯冰川附近,是有名的镜面湖。
3　Alps,指纵贯新西兰南岛的南阿尔卑斯山。
4　Rimu,一种新西兰乔木。

想象巨大的冰川洪流越过
峡谷顶部的绝壁和岩石盆地

（某一另外种类的爱）——
它如何可能砸破公共的镜子

倘若它降落到我们身上，在
二十分钟内跳过一个世纪，

于是我们看到，在同样的窗外
楼上在我的内部晾干之处，

突然——不，不是被反射的我们
自己，或一块黄色的汽油广告牌，

而是另外的爱，在我们的屋顶之上
向往倾覆之冰的黑色尖顶和末端。

（1966）

在库里丛林 [1]

几天后我爬上了小山岗
那农舍矗立之处，

和毛利人沿着海岸建造的
房子一样绿。雾在吹过

大门，沿溪谷往上
甚至遮蔽了鸭茅草的茎

它们迅速生长，取代了
起居室桌子和我母亲

每晚点燃的黄铜制的
小煤油灯，它的白色灯芯燃烧时

不会改变颜色。二十年前
有人一定用老枯树枝篱笆

作引火柴。我父亲站在
它外面，当时我三岁或更小，

1　Kuri Bush，在新西兰奥塔哥地区。

339

他举起我去看
巨大的旋转的群星之轮

它们的时间不是我们的。小山岗
没有产出骨头、硬币，却只有

一块倒塌的烟囱的碎片
我放进一件湿上衣的口袋里

在我穿着湿透的裤子踉跄而下
回到马路上之前。那石板碎片

被钥匙和布磨得像一个护身符
将阻止我如果我试图离开这岛

去往伦敦或纽约的街道。
我希望有一天他们把我放进

他们为马挖的那种洞里
在一棵山顶的巨朱蕉树下

离那条向南流到一直说着话的
大海的河不太远。

（1966）

在布莱顿湾 [1]

两根被潮水削整的水泥柱
注视着港湾和河流的汇合，

如某个权威一般无用
它的功能被流淌在蜿蜒的

隧道里的水所规避。我将在
冬天下去，当雨洒落在宽阔的

起皱的水平面上，我的身体
不是我自己的，而是被

性和痛苦的对立掏空内脏，
像河流凿出的新开口的堤岸，

供我仪式性地下弯——
那荒唐的青春期愤怒

我们从未超越！今天我把自己

1　Brighton Bay，在新西兰达尼丁市。

升到被称为雅各布之梯的石阶上

这港湾的尽头，奋力穿过荆豆丛，
站在光滑的亚麻覆盖的峭壁边缘

在那段时间里
那里诱惑我自杀。没有鱿鱼臂的维纳斯

从激浪中出来，只有穿过许多冬天的
破碎的门，从跨跳着的水

来到我心里，这些言辞已经
赋形的看不见的精灵。

（1966）

在拉基乌拉 [1]

你可能确信从来没有妇女划船出去
通过坐在港口中心的鼻状岩石上

得到一个小孩。那似阴茎的怪物
仅对滑行中经过木制灯塔的

水上飞机是危险的
在那里细嘴海燕在它们的洞里嘎嘎叫

因为毛利人而变肥。不会有
被生活困住之感的缓解

从博物馆的架子上来到我们这儿
它们已经堆满了早年时光的弃物，

子弹、黏土管、纸币，
写在一块海贝壳上的主祷文。

但度蜜月者可以用一个从沙滩

1　Rakiura，亦称 Stewart（斯图尔特），新西兰第三大岛。

集聚其一半意义的吻消除

一次争吵，激浪四处猛摔
像一根两英里的亚麻鞭子的重击，

而更年长的我们看着阴郁的
死者（和我们自己一样无知，那些被

寒冷的海峡或威士忌杀死的人）的墓碑，
然后返回宾馆平躺下来

听着发电机的轧轧声
或者高高屋顶上风的单调的

隆隆声，不说话，只是什么
也不想地躺在一张向下凹的床上

它会给予（我想）同等的宽容
给一个付钱的客人或一个无钱的自杀者。

（1966）

344

母与子

1

绿头苍蝇俯冲轰炸起居室的

桌子，这个干燥的春天的早晨，

在我母亲的房子里。同我十多岁时一样，

我又听见有罗马字的钟

鸣响在甘地[1]雕塑旁边

他正没有任何阴影地沿着壁炉台

大踏步走向上帝。时间是无言的轮子。

扇尾鹟已经在百香果藤中间

温暖的屋墙上筑巢。雄的潜伏着。

雌的在伸展她的扇子。在户外的石园里

白头的我母亲在给夜香兰、

银莲花、安第斯番红花和被称为

1　Mohandas Karamchand Gandhi（1869—1948），印度民族运动领袖。

天使之泪的黄金和珍珠般的水仙花除草。
妈妈，我未曾能够全然适合于

你的世界。如果跳着舞的扇尾鸼
明天孵出一个龙蛋怎么办？

妈妈，在我们心的全部休战期
我听见珍珠白的天使音乐般地啜泣。

2

还不止于此。那些有木框的也在
钟旁边的相片，包含了你可疑的天使，

我的把头发在前额
梳成斜线，有一双热情的深色眼睛的弟弟，

和我自己，小小的发呆的金发小孩
如此极慢地从摇篮里迁出！

配上马鞍骑往冰岛然后乘梦魇返回
他很早就懂得祈祷无用，或在

需要消失后有用。妈妈，你儿子
十二岁以前就已经获得了鬼神学的

学位——其他的如何使你成为诗人？——
然而我们在天主教堂里是一致的。

我出去迎接你。有人在隔壁
焚烧烟草。在一根铁线莲枝丫上

有白色眉毛和白色颈部的扇尾鹟妈妈
拍着翅膀发出啁啾声，急飞的

扇尾鹟爸爸靠近来，当我用舌头的
沙沙声向他低语。

（1966）

家庭乐事

什么能让我们烦恼？租金付过了。
医生证明我没有精神错乱；

脉搏如常……为何魔鬼装扮成
一个光的天使到来？今晚，

坐在覆盖着厚厚的白色葬灰的
柴火旁很晚——打着呵欠、说着话、想着，

我感到，像男孩的手捏着巨人的心脏，
这蜿蜒的、无用的、没有形象的疼痛

刚刚与黑色翅膀完全连接
将凝固的汽油卸在丛林村庄上……

十年前我会很快用一满茶杯
波尔斯[1]杜松子酒消灭它，

但如今我甚至不说，"浑蛋！"

---

1 Bols，荷兰的一家有悠久历史的酿酒企业。

当泥块和树根冲破了墙壁，

意识到坟墓将进入屋内
不管门是关着还是开着。

（1966）

冬 河

没有什么比这冬天的水更冷
当风猛击领地堤岸上
伐倒的松树，让球果
滚动着坠落到水里……

厚厚的褐色裸根盘结在
草皮做的墙下。星期六
男孩们和他们的女朋友
将坐在难堪的雾里

盯着河水流出去到达港湾。
啊好了——很容易
回想起，差不多存活
在一个人自己牢不可破的

玻璃穹顶，一颗垂死的火星里，
并思虑青年时期。
我从未太喜欢它。
我没有冒险去抚摸

那些男人轻信的俊妞，我们的

大姐姐们浓密、蓬乱的金色卷发。
我没有姐妹。
在夏日发痒的懒散中

她们的咯咯笑令我发抖
溜开到沙滩泳棚的厕所里，
拼命地捏造了一个讨厌
金属维纳斯的独角兽。

然而她们不是金属。现在
她们垂挂在门厅上，在后室里，
如我一般瘫软，而河
载运着漂浮的松果。

（1966）

铁镰刀歌

一种控制的到来
是波浪所能淹没的；
灵魂一般的海水
无人能够拥有
即便很安全地观看，
而当我闯过每个

苍白憔悴坍塌的顶部
寒冷的激浪猛敲我的头，
我立刻起身
到沙滩泳棚里换衣，
让我妻子和儿子
自个儿跳进去，

然后肥胖，四十岁左右
带着一个特大的冰激凌
蜷伏在它的锥形桶里，我
溅着水花穿过暖和的小溪
沿着马路的多石的边缘
来到我父亲的山楂树篱旁……

"鲜红的山楂花

绽放，香气四溢地立着

陆鸟和海鸟满怀

新的大海和陆地的希望"——

就算这些言辞是幼稚的

我很久以前创作了它们，

可是今天当风

在他的帽子后面

推动茂盛的绿叶，

我父亲举起向我展示，

他父亲举过的仍然

可用（尽管生锈）的镰刀，

一如挂着的避开了

雨水的铁镰刀，

它的脊柱被磨具

也被愤怒磨平，

我的生命有了它

保持的形状。

（1967）

回到伊萨卡 [1]

为我发明一条黑色的海岸，越荒凉
越好。流亡者不喜欢

他返回的地方；倘若他能，他会
被塞进一个塞壬的阴道，

只有无父的黏土地
哀求过他的责任。他不会

像一个农民那样幸福，
却感到一种宁静的错觉

从井的底部升起
然后像树叶从老处女般

晦暗的蓝桉树尖跌落……
考虑到环境，他将发明

命运，自然，

1　Ithaca，古希腊西部爱奥尼亚海上的一个岛国，在荷马史诗中它
是英雄奥德修斯的故乡。

一个为他擦靴子的妻子

和一颗扁平、坚硬如蚕豆的灵魂。

（1967）

向北飞行

我不喜欢这辆双轮马车。它让我做
浮士德式的梦。解开安全带

点燃一支烟，我能望见
蛆一样的牛在

瓷器般的绿围场上，直到泰里[1]的环线
被一片长满冷杉的圣诞树陆地

替代，那些树吸引了群山中棕色动物样
小丘（像尼尔斯·霍尔格森[2]在一只仓院鹅

背上飞过的地方）——然后向下
去往右边的某处，靠近潮泥滩

（也许它们维持了宁静）我妻子和两个孩子
在坎伯兰大街[3]上做这做那。

1　这应该指始发自新西兰达尼丁的泰里峡谷观光火车（the Taieri Gorge Railway）。
2　Nils Holgerssen，或作 Nils Holgersson，拉格洛夫所著的《尼尔斯骑鹅旅行记》中的主人公。
3　Cumberland Street，在新西兰达尼丁市。

此刻铁鹰正在转向

那暗淡的蓝色怪物，无法喝的海洋。

我的盖亚母亲在我下面卸下衣装

展示她长久生育获致的妊娠纹。

一个人不应该看。在像浮冰的云上

我们漂移着。我思忖着伊卡洛斯的

厄运，这时服务小姐端来

整洁红杯里的咖啡。一次平静的飞行。

（1967）

水 手

岬角的北面，握住舵柄，
你意识到岛屿。岛屿
进入眼睛如同盗贼进入房间。

那可怕的醉鬼的渴望攫住了你，
吞没大地，把自己裹在树叶里，
若有必要十年待在那些灌木
覆盖的某块菱形岩石上，
被浪花所击打，把桶里的食物拖上来：

一种变成夜光的渴望
像在雨中眺望群山的星星。

后来，再后来，云上一丝像火的微光，
那是呼吸在她睡眠里的奥克兰，
满是伤口的城市，朋友遍布的城市，
在那里一个人必须举起并承载巨大的圆石。

死者如今变成了我们的一部分，
在我们的言辞间说话，支配我们所有的梦。
成为水手即死于干渴。

（1967）

海 豹

两个穿牛仔裤的男孩在收集木块，
穿着长筒靴走在海的边缘；

两只狗冲进黄色的浪里
然后出来抖动皮毛，把黏糊糊的水喷得

到处都是。我们自己踩在
渔夫们的已经腐烂的软木浮子上

它们在脚下被碾碎，或者我们
笨拙地沿着这些深灰色岩架

攀爬，抓住磨手的、用生锈的
铁针固定在岩石上的链子，

寻找海豹。一段时间以前
海豹已经去了南部的冰盖上。

我们在这儿不会找到它们；这样我们
将乘车取道泥滩旁的弯路返回，

试着回忆——我不晓得称呼它所依的
名义；但我想海豹也许已经告诉我们那是什么

在它们消失在那巨大的镜子里之前
我们也去往那里，不是通过水的轻易

毁灭，而是通过太阳击打、月亮遮蔽的陆地
和堕落地通过我们自己。

（1966—1968）

草和夜风

你的身体完全没有年龄，
因为你是弯曲的泰太草，或者别的草
精灵们打成结以便

我们跟随，当它们
向北前往雷恩加角[1]和充满空气
与水的打转的沟壑。我可能

是风，在夜间来摇动那些叶片
把它们摩擦成
蹩脚的乐曲。我不知道

你身体的年龄，因为
我不好奇——"她年老还是年轻？"——
或任何此类状况，在我们

相遇于世界中心的那座
奇怪花园的那天；只有那
无须悲伤，各自通过各自，

我们是已经成为失去者的全部。

（1968）

1　原文为毛利语：Te Reinga。

致帕特里克·凯雷 [1]

从带着龙涎香的灰色海滩

发明的气压来了，

像渗过沙之梳的波浪，

那独一、首要、不可知的提议

由吼声透过巨大而空之面具的演员们

在石头剧场里发布

不是雷电，不，而是埃斯库罗斯 [2] 的生命

腐烂为一块坚硬、被波浪磨光的骨头。

而演员的嘴仍然在兜售

贝克特、布莱希特和比汉 [3]，观众

除了血和精液之外

所知道的那些，但忘了

我们是破损的沙岸里的豁口：

编剧是幸运的，他在公众的

投石和赞美之后保持了

沉默，把制作人当作朋友。

（1968.12.23）

1　Patric Carey（1921—2006），戏剧制作人、导演，出生于爱尔兰，
20 世纪 50 年代移居新西兰。

2　Aeschylus（公元前 525—前 456），古希腊剧作家。

3　Behan，即 BrendanBehan（1923—1964），爱尔兰剧作家。

发 现

1
我们的水手在清晨
登上了海滩
它看起来像一本打开的未被笔迹做记号的书。
我们的链子和龙骨留下了第一道伤。
野蛮人在建得很好的
屋里接待我们，
用海鲜、饮料，有时是他们自己的女儿
她们的手像风在
水上的触摸，一种我们没有猜到的事物。
这背后是一种奇特的
苦行：他们的形象刻在浮石上，
被拉长；他们为死者唱的歌；
有木头和羽毛的王权标志。

2
一个野蛮人杀死了一个水手。

3
我们登陆了第二次
在船载大炮的保护下

有大量的掠夺。他们的女人
逃往沼泽地内陆
但大多数男子留下来对抗我们。
长矛。滑膛枪。他们叫喊着死去。
我们的船长立了一个十字架
标记事件的位置。

4
如今我们有了一个港口。人们被
基督教化了。我们的人类学家
在研究山地族群中的
货物崇拜，把无价的
材料记录在磁带上。
某种疾病是地方性的。
在二十九个博物馆里
有用木头、贝壳、羽毛做的面具，
反映了一种我们
自己不拥有的苦行。
他们的一瞥像一种慢性毒药
侵扰着我们的空虚。

（1967）

克雷西达 [1]（组诗）

（一个抒情组诗）

1．在讲课室

讲课者的不偏不倚的讲述

　　在用橡建筑的屋里嗡嗡作响；

透过一扇仿哥特式窗户升起了

　　柔和的堰中水的帆樯。

第二排长椅上的金发女孩

　　咬着她的铅笔，叹着气——

想着"如果我把连衣裙放低一寸

　　在那树荫下会看起来不错"。

后面的年轻男孩，半转头

　　去看她的侧面，微笑着；

想着"她有一个学者的学识

　　和一个儿童的天真"。

学校塔上的钟声打断了

　　麻雀们的私密生活；

1　Cressida，在希腊语中意为金子，据载她是特洛伊的一名妇女，被俘后背叛了她的情人。

讲课者清了清嗓子，说起
  麦克道格尔[1]的本能驱动；

他的谈话中止了片刻，
  揉了揉一处发痒的粉瘤，
用粉笔信手画了一个图表
  随后又把它擦掉了。

2．咖啡馆（水粉）

两人坐在一间小吃店里：
  他黝黑，她白皙，
石笋状的一滴一滴
时间积聚在秋天的空气里；
从屋檐下的收音机发出刺耳的声音
在讲述灾难：世界之梦没有停止。

在牛排和醋的上面
  他们的一瞥连接，
那些不同星球的生物。
老杰克刚从他的晨饮出来
比他们更了解溺水的人们如何在

1　当指 William McDougall（1871—1938），出生于英国的美国心理学家。

366

大漩涡里沉浮，时间的齿轮是什么；

但不说。蓝色的鸽子在
　　　开着的门边求偶，
飞机起飞，在他们旁边
振翼腾跃，弄乱了登机地板；
烟灰和苹果核
在一只陶盘上：他们抽烟，微笑，嬉戏，

无视长时间盘绕在
　　　花园树上的的蛇。
秋天的宁静，到处旅行的风，
这些继承了——时间的敌意
一个芜菁般的幽灵，一种仅仅通往
他们心灵和智力的联谊的传言。

3. 游艇俱乐部舞会

那夜灯火通明的大厅
闪着光，装饰了金箔星
照亮了游船港口，
每道波浪是一个打破的碎片；
而从里面传出的笑声
尖厉，伴随一阵吵闹的喧嚣。

于是我们从醉酒的舞者
旋转的地方出来，
我们吸入严寒空气的肺
疼痛着——在收拢的
锚定在码头的船只旁
潮湿的海水在那儿溢出。

月亮在天空的大理石
编带上凿出了一个墓穴。
我们听见一层层缓慢的波浪
分开了乱蓬蓬的水草，
在码头旁边的区域，让
灰色的突堤桩发出呻吟。

他的手搁在我的胳膊上，
我们站在木制挡板旁：
夜晚似乎对我很温和。
无需情人的谈话
当每一道跟上他的呼吸
是一种即刻的幸福。

噢最不可思议的夜晚，
不可估量地遥远——
我们看见港口的灯光

闪烁在外面的条带边。
"天空看起来要下雨"
他说。我们又转过身。

4. 在公共花园里

风在母马尾巴似的
天空中是强劲的，
在大树枝下
我长久地等待；
整个下午
伴随从麻雀的房子
传来的缕缕歌声。
他很快会到来。

一面粗糙的石头墙
旋花般缠绕
对于红腿蜜蜂
是一处友好的庇护所，
当树叶落下
从金色灰烬
和菩提树
到喷泉的闪光。

在那边冲刷着

边沿的池塘里

胆小的云状

金鱼们在游泳，

而蕨类的深色

叶子悬挂在它们

上面，当它们成双

成对地经过。

很快他会来到

菩提树的阴影里，

微笑着

对我说担心

我的心之鼓

会出现在一只潮湿的

手里，或一张

晒得太红润的脸颊上。

不；他确实是

我的爱，并非陌生人。

霜也许变硬

且季节变换：

我将一本正经地

和他走在这

秘密花园中间

我们漫长的一生。

5. 她的第一首歌

什么是银色的和一座给我的房子
如果我与我自己的爱相符？
任何旧外套将用来在
夜晚保护我们，活泼，兴奋；
但所有缺少爱人的人是寒冷的。
时间像落雪。

虽然他还是再次对我讲
却一百次落空
因为他的离开是好理由，
贫瘠的理智如何能知晓
爱的神秘的潮汐和季候。
时间像落雪。

他也许在那儿遇见了别人，
忘记了我温柔而美丽：
心不在焉的面孔失去颜色
缺乏不断生长的爱的机会，
心智疏远了，记忆更暗淡。
时间像落雪。

一首歌我在破晓时听过
出自醒来的鸟儿的喉咙。
告诉它在我真正的爱的寝宫，
告诉他真相：没有人能够从
消退的灰烬中吹起火来：
时间像落雪。

6. 分别

一个三月黎明里的细雨蒙蒙：
桁架，桥梁和信号塔
湿冷的黄褐色天空一片光秃。
一寸寸朝向整点的时钟指针
中止，逆向的时间收缩；
引擎是用羽毛装饰的灵车。

车站墙壁上一张裂开的
海报像一面旗帜在摆动：
奇形怪状种着玉米的黄金山谷，
脱离现实的幻境，在那里没有
悲伤或不信任的意外将
幽会的场景变为黑色沟壑。

但时钟讲述了此地和此刻。

一对普通的情侣走在

站台上，戴着围巾——泪痕显现在

她的脸颊，尽管他们平静地交谈。

这，在一个痛苦的梦的镜中。

——他们的声音淹没在水蒸汽的嘶嘶声里。

7. 她的忏悔

使我安宁者此刻是

我的痛苦：缺席如同死亡

带走真相而留下幻想，

一次眉毛的编织，

一次呼吸中的捕获。

他已经收拾行李走了

去了一个新的地方；

留给我熟悉的

走廊、树和石头

上面刻着他的脸。

噢空虚！什么会填满

这罅隙，或治愈

那不被消除的渴望？

一次意志的弯曲；

一种忍耐的毅力。

倘若我能睡在冬天

干燥的时间之外，

那就好了。他很少

猜到我爱的精华：

被羞怯缚住的舌头，

我从未能够告诉他

现在我的爱

确实多么活跃；

活跃，而此刻必须

哀鸣在缺席中。

8. 信

一封留在门道信箱里的信

（她在好些日子里徒劳地看过那儿，

不是一天一次）。可恶的夹竹桃

从它的簇堆叹息"我乐意——我乐意"

乘着干燥阵风翻滚着、煽动着。

她认识那方形的直立的手。

"新方案进展顺利。

这些给房屋委员会的蓝图

花费时间……特洛伊并非一天建成。

我希望你快乐，一个人不要

太烦闷……你的挚爱——"黄色的

树叶写满了随风飘荡的起伏。

9. 她的第二首歌

书架上的书变得清晰了，

　　洛克，贝克莱，休谟[1]。

风除了自己不爱任何人

它在出租屋外面唱歌

在紫丁香树间沙沙作响——

　　噢我的亲爱，我的唯一。

我有一个取悦于我的爱人

　　（洛克，贝克莱，休谟）

他离开了让我单身一段时间。

那对他似乎简单而轻松

但对我是一条漫长、枯燥的路——

　　是的，我的亲爱，我的唯一。

1　John Locke（1632—1704），George Berkeley（1685—1753），
David Hume（1711—1776），均为英国哲学家，经验主义代表人物。

曾经的工作和幻想已足够

　　（洛克，贝克莱，休谟）

少有人对话，无人去爱，

容易去，容易来——

直到你和我膝对膝抚摸，

　　是的，我的亲爱，我的唯一。

三个白色天使在我头上，

　　洛克，贝克莱，休谟

一个站在床脚：

黑色亚巴顿[1]是他的名字，

他比另外三个更强壮，

　　噢我的亲爱，我的唯一。

10. 酒吧屋谈话

一辆卡车让窗户震动

溢出的酸啤酒上的午间光

哆嗦一下。"寡妇容易上当"

他说，"你踩踏板，让她掌舵；

---

1 Abaddon，《圣经》中的地狱天使。

或者次一点的是贪玩的
女孩，而她的男人离开了一年

"她太害羞或他太鲁莽。
你们的闲聊绝无调情——他们是难的——
但周末学校的一个教师亲切

"圆滑，准备在她的保卫后面。"
另一个文雅地抿着他的饮料；
酒保在一张双长卡片上写着。

他说，"我第一次在溜冰场见到她，
一边跳舞一边谈天，慢慢来。
她现在开始信任我了，我想。

"借着月光带她回家的十周
在门口亲一下，抱一下——
没有更多。今晚我们将去一个表演

"在丹家——我赌你一块钱，伙计，
喝一两杯她会辞去工作。"
在院子里一辆卡车卸下一只货箱；
酒保擦亮一只足球杯子。

11. 她的决定

冰冷的镜子，向我展示世界能够看见

并评价的脸：我自己你从不会展示。

张得大大的眼睛，有一点低的前额，

玫瑰般红润的脸颊，唇部弯曲的丰满嘴巴，

他们说，金黄色头发多变：我是金发女郎。

然后今晚我将待在家里读一本书；

恶意地让他疲于等待，走过草坪。

他们说，忠实是一个长久的水池

（但我不会听）。卑劣的想法多么像

阳光下的苍蝇成群飞舞，在格栅后面闪烁！

事实并非如此：最近太孤单了

我变得不自信。热情吹拂的无用的风

能够搅乱幸福的深泉

但从不使之干涸。哦月亮控制

我们的性，敏感的水银控制我们的灵魂！

——然后琥珀项链，和灰色的裙子。

12. 休闲酒吧

一个散发着水手焦油气味的夜晚。

遮光帘摇摆在酒吧上方；

伤口在疤痕下面抽搐。

风火热地吹，风冰冷地吹：
所有闪耀的并非金子，
身体年轻，心智衰老。

病由已开始的游戏里的事情引起——
悲痛和人的星象
收缩到一个玻璃杯的幅度。

一个露齿而笑的轮胎藏在下面
当他的和我的呼吸混合在一起，
这样杜松子酒能掩盖死亡的味道。

这里是木偶线弹奏的地方
思想变窄而心灵迟钝；
但当我们来到一处私人场所，

那时体肤相连会碰出火花——
从极点到冰点撑起一道弧线，
一座不忠实的黑暗之上的桥梁。

我可以推测直到黎明的怪相
他的脸成了另一个人的脸，
我自己成了婚礼饰带中的新娘。

13. 她的指责

你说，你认为我超过了那帮
玩火的感情轻率的年轻人；
那放纵踩踏在泥泞中
忠诚，不管它多么强大。
爱是仁慈的且长久受折磨。

你说，孩子成为他的，在
美德的男人中间你将被鄙视
而且，由于傻瓜的好意，被戴绿帽。
除此之外，那首晨歌：
爱是仁慈的且长久受折磨。

那时我必须属于他
悲哀地对待婚姻假面剧。
如果你在痛苦中我不会问
不论那欺骗是否应得。
爱是仁慈的且长久受折磨。

我确实，你说，还年轻
并希望我好：那无法改变的
我必须忍受。从疏远了的希望
我听见铃铛的叮咚声在上面。
爱是仁慈的且长久受折磨。

14. 她的梦

我梦见我在一辆慢火车上向北旅行
一个人；雪保持来自浮力的旋转
直到火车停下，它的轮子堵在堆积物里——
于是我爬出来站在一片巨大的平原上。

没有一小块绿地，冰冻的地面上也没有小路，
但一阵密集的暴风雪从陡峭的天空哗哗
直下：我却跌跌撞撞前行以免倒下被淹没
在寒冷的雪丘下被包裹着睡去。

忽然雪停了：一声乐曲在天空
之外悲哀地响起；一队出殡仪仗经过
缄默无言穿着黑衣，在那里落雪已经将自身
变为玻璃，成了一面反射骑马队列的镜子。

巨大的紫色横幅挂在棺材的顶部；
乐队演奏着《扫罗》[1]中的死亡进行曲。
我认识悼念者，女人和男人，全部，
但他们不认识我：我跟随着死者。

一阵风刮起，把横幅摇晃得偏离，
白色发光的十字架闪耀着涂在上面的色彩。

---

1 Saul，是作曲家亨德尔（G.F. Handel，1685—1759）的作品。

一个声音在说仿佛一个人站在我旁边：
这是他经过阿刻戎河 [1] 所承受的劫数。

我们来到一块荒凉土墩上的墓地，
雪带着黏土从一个敞开的墓穴溅洒着。
我知道他们抬着的是你，要去活埋——
于是我挤向棺材往后拿开柩衣。

你僵直地躺着。我撕开厚厚的寿衣。
你起身攥紧我——但那是他的脸，
不是你的，僵硬的悲叹在情人的鬼脸上。
——我醒了，听见夜雨大声地敲击着。

15. 六节诗

扫净了树叶，以及剥皮的大树枝，花园
抬起黑色的臂膀朝向冬日苍白的天空，
《悲伤的母亲》[2]：兰花屋
关上了百叶窗，没有鸟儿在水池的透明玻璃旁
男孩和簇桩立在那儿，朝向永恒的夏天
仍然沉迷于一个古老梦想的恍惚中。

---

1 Acheron，即冥河。
2 原文为拉丁语：mater dolorosa，或译作《圣母悼歌》，为 13 世纪的一首诗，后有很多著名作曲家为之谱曲。

这儿是我种下的希望，关于常青的
惊奇的原始梦想，一个无蛇的花园。
由于我自己的过错，没有忠于真正的爱
如今我绘制了一张冬天的铁质图表；
或者，汉斯·安徒生的美人鱼，行走在玻璃上，
在荆棘上，滚烫的犁铧，穿过一座骨灰堂。

可是你，陌生人，在我身体的房子里
躲避，梦想着你的深水之梦，
你让我的模样在镜中变得怪异：
你，蜷缩在最上等的花园的黄昏里，
原谅我如果我一个冬天将你的重任召唤，
被抛弃的人，给一个更古老的恒久的太阳。

肉体也许不稳固，精神却恒久，
尽管在停尸场或牧师房子里无人知道这个。
你，受孕于冰冷的无，视觉、
声音、触摸的冬天，是那个梦的实质
我梦见我第一次走在一个秋天的花园里
预料一面说谎的镜子里持久的喜悦。

如果他不用镜子，看见爱的本质，
他会忠实地对待易变的我，
宽恕如同一个人在客西马尼 [1] 园所做的；

1　Gethsemane，即耶稣被犹大出卖被捕之地。

但有一些淫荡的身影在闹鬼的房子里——
我是单独的，被锁在冰川时代那些
醒来并知道世界之冬的人们的梦里。

依然欺骗不信任的孩童——冬天很快来到，
可是你无所畏惧，被扣留在子宫的黑暗
镜子里：暴风雨，地震，不能撼动你的梦想；
麻药也不会粉碎。坚守你自己的法则，
有螺纹的苍蝇在琥珀里，睡吧——很快你将醒来
就看见一间交战的房子，和一座无果的花园。

——我不曾想到，花园，我将在
不吉利的行星之屋过冬。预言的镜子
被我们易变的醒着的梦打破。

16. 她的使者

当我的秋天之爱和我第一次
漫步在我们只知道名字的街道，
从枯萎的叶子和鲭鱼样的天空
我拼出了确定性——直到一阵
无的狂风到来摧毁了
那些平静的喜悦的木兰花。

于是被南瓜灯的闪光

所诱骗，它纠缠着减少了的时日，

我执拗地从空气中召唤

一个狭窄迷宫里的同伴：

在我们床的上方，虽然我紧抓不放，

记忆的龙葵却悬挂着。

直到我肩上的一个骷髅头

清楚地站在可怕的日光里，乏味的

拙劣模仿，而非相似；

在寒冷的辛梅里安人[1]的土地上

我在死去的爱人的灵车后面摘下了

悔恨的深色紫杉浆果。

明天是我的结婚日。

对于那高兴地冲进过道的新娘们

橙花是普通的一簇；

对于在墓地台阶旁发现

遗忘的荨麻涌现之地的我，

那是刺痛之际也缓解的植物。

（1951）

1　Cimmerian，又译作西密利安人，希罗多德著作和荷马史诗里均有提及。其词义有阴惨、幽暗之意。

康克雷特·格拉迪的神圣生死（组诗）

1．格拉迪的梦之谣曲

六月一个牢狱般漆黑的夜晚
康克雷特·格拉迪和
他的伙伴老杰克·弗林
坐在松树的膝部之间，

透过港口的雾
惠灵顿的内脏像一个
巨大的停尸房泛着红光
甚至警察去过那里。

"我有一个梦，"格拉迪说——
弗林说，"塞满你的梦！
我现在用我的蛋蛋
换一桶蒸汽。"

"我有一个梦，"格拉迪说，
"当我睡在一捆瓦楞铁
下面穆利根的木场里；
我是一只白色的鸟，

"那时一阵大风抓住我
把我扔向北方；
没有什么立着的事物
在这光腚的大地上，

"我想起在克雷特的时光
当时我们用力推布伦枪
伞兵部队从天而降
像一根线上的衣物，

"你会记得，杰克，
因为你在那儿，
我们在印夫洛斯村广场
射击了十二个囚犯；

"因为风把我吹到
一座石头谷仓的门口，
纳粹青年们坐在
一张桌边玩着牌——

"中士，进来，他们说，
我们给你留了位置——
他们转头时我看见
每个人脸上的炽热骨头，

"于是我让风带着
我出去经过卡皮蒂
在一千英里海上的
暴风雨的肚子里，

"直到我来到一处隐蔽的
悬崖，那里得不到阳光，
深如地狱的诡诈
高如人的烦恼。

"里面有一处缝隙
仅一只鸟能飞过；
我说着万福玛利亚
踩上了针的眼，

"在那儿的一座绿色花园里
我看见电车轨道带子
一群人走着
手里拿着大酒壶，

"在一辆牛车上
主人自己和七个尼姑，
她们中的一个有着

罗斯·奥洛克年轻时的脸。"

"你在那儿碰上了,"弗林说,
"她是很不错的;
但今晚我要把老罗斯撇在
一边,为了一桶蒸汽。"

（1965）

2. 康克雷特·格拉迪在星期六祷告中

今天大地像一个铁盘冒烟
伴随树和人的呼吸。我们走吧,
女士,沿平缓的港口台阶而上
去做你的祷告。在修道院教堂里
晕船似的蜡烛像小鱼发光;
我蹒跚在门廊里
求助于我们人类引以为豪的龙涎香
因为利维坦,你的儿子,在里面
等着,用巨大的颌吞下
我的罪,小镇的鱿鱼白般的愚蠢。

妈妈,我必须成为约拿?是的;我听见

那些睡在上帝肚子里的人们的歌声。

你戴王冠的脸召唤我，一次镀金的

砸向我心脏的点头。我头昏眼花地来到

当撒旦在我耳边粗暴地低语，

"老穷酒鬼，

伪君子，想想，想想，你可能陷在

中国姘妇里了。她召唤你去死，

这踏车，霍根神父的恶臭的呼吸！"

——我看见他跌落，一只有羽毛的鸟，闪电击中般。

（1961—1962）

3. 康克雷特·格拉迪的圣诞沉思

我将唱音乐厅的一首

老歌，或者什么也不唱，

虽然女人们高高地抬起鼻子

当我从长大衣里拉出一个

瓶子以便冷却我的喉咙

说句话让她们的羽毛飞。

在凯坦加塔上面的山上

一堆老人样的麦卢卡，

我用一天砍了它。

然后我拿了支票，搭便车到镇上

为了一锅鳗鱼、一个女人和一张地铺

卖了我的马车换取一桶白夫人 [1]。

疯狂的麦卡拉、约翰·奥哈拉、

斯瓦格·乔和我干瘪的父亲

在大理石果园里躺着。

他们的幽灵黎明时在我卧室里

用一根调皮的拇指示意

向我要一瓶白夫人。

当我很小的时候

我学会放屁对抗雷声；

大母亲约瑟夫用她的手杖击打我。

当白色的**主人**飘浮在空中

我低头说出一句祷词

祈求那老泼妇在炼狱里受热。

一个在夜晚着火的孤儿

我在星光旁漫步到

那放饲厩里的**孩子**躺的地方——

"康克雷特·格拉迪是我的名字

1　White Lady，一种鸡尾酒的名称。

我将被诅咒，"我对**他**说；

"那么我自己将诅咒，"**他**对我说。

（1953—1961）

4. 格拉迪在休克疗法中

我大脑里的三位一体
在他们拉开关时一阵晕厥。
我在院子里碰见比尔·戴蒙德
向他要一根火柴。
天堂里有火。透过电热棒
我看见星星的麦地里烧毁的斑点。

（1962）

5. 格拉迪之死

康克雷特·格拉迪像洞里的
一只白鼬死的那天，
牧师在他床边跪下来
看在那灵魂的分上。
"告诉帕特·麦克奎尔我将不能

抽时间打扫他的马厩了；

我欠了酒吧招待半镑钱，"

那是格拉迪说的最后的话。

（1961—1964）

6. 康克雷特·格拉迪的特别审判

一百辆出租车开到国家的山上

在载有世界之塞子的灵柩后面，

柯格瓦登先生，哈马舍尔德的朋友

点火。谁听见天堂之门叮当作响

在天空湛蓝的那天他打电话

给警察把老格拉迪从门边挪开？

上帝的道路是暗的。柯格瓦登从不饮酒

或侵犯山羊，以及有臭味的东西。

在耶稣的怀抱里，野生而常绿，

亚伯拉罕躺着。麻风病患者长眠

在亚伯拉罕强健的褐色胸脯上，

格拉迪自在地与麻风病患者咕哝

他拖着的膝盖上

有一个大杯，不朽而平静。

聪明的中士现在不能找到他。

他在十字架后面啜饮，越过北斗星。

格拉迪从亚伯拉罕怀中向下望见

口渴的柯格瓦登被安上火焰的垫子——

"那可怜的老家伙不要

责怪聚敛钱财。让我——""不，"

亚伯拉罕说。火花

和灰烬样的雪像一件婚礼服旋转在

本尼迪克特·柯格瓦登周围，那个精明的人

他以分期付款方式卖给我们**水**。

（1961）

7. 格拉迪的碑文

虽然他饮冰毒你喝茶

格拉迪躺的地方你也会去。

那大概适合说：

求主垂怜[1]。

（1964）

1　原文为拉丁语：Miserere，Domine。

驱除一只强壮鬼怪的忠告（组诗）

仿卡图卢斯 [1]

1. 聚会

一种洞穴——静止在白兰地上，

正从外面进来，

我不喜欢它——房子像隧道

每个人坐在椅子上闲聊——

或者估摸在那儿找到你，微笑着

像一尊石头月神对着

埃格纳提乌斯 [2] 的讥笑——确实不关我的事

他用 AJAX [3] 清洁牙齿，

但他是最丑的南岛骗子

曾殴打一个瘸子……

马利希 [4]——酒滚滚而来，夫人；

我被粘在这儿在虚空中

1　Gaius Valerius Catullus（约公元前 84—前 54），古罗马诗人，传世 116（一说 113）首诗，被辑为《歌集》，其中有不少大胆的"不洁"描写。

2　Marcus Egnatius Rufus，古罗马屋大维时代的执政官。

3　一种口腔治疗仪的牌子。

4　Maleesh，口头语，意谓"没关系"，最早流行于一战前英国在埃及的轻骑兵和部队中。

看着我旅程的终点——

两只乳房像塔——相同的脸

导致特洛伊轰然坍塌

如一架鸡笼——黑色木头和火焰！

2. 桃树

快活十足地躺在

我朋友阿利乌斯[1]的违法房子里

在一个春天的星期六

外面院子里有一棵桃树

以及奥本[2]背后的第一流风景，

防火梯和管道——

伙计，我出逃了！

地板上的大床垫

和一点白兰地，

用毛毯下

---

1 Allius，卡图卢斯的朋友，曾提供房子给卡图卢斯与情人幽会，
见卡图卢斯《歌集》第68首。
2 Oban，是新西兰斯图尔特岛上的小镇。

皮拉[1]的长腿——目瞪口呆的偷窥者们

办不到；

他们的雷达失灵了

在一座超过五十年的房子里，

尤其是当楼梯

随着塔帕垫颤动时！

多亏阿利乌斯

我眼下在马鞍上了

骑着龙卷风——它能立即折断

我滑翔器的翅膀，

但皮拉没有说话；

她对爱懂得十分透彻——我已把她

命名为春雷的女王！

眼下将适于

去死——桃树会掉下花朵

今天或明天——在灯光

熄灭之后，女士，我们将进入

悠长，悠长的睡眠。

1　Pyrrha，古希腊神话中厄庇墨透斯与潘多拉的女儿。

3. 鹦鹉

皮拉的聪明鹦鹉将会喊，

"漂亮的家伙！漂亮的家伙！"

为从她手里得到小片蛋糕，如今它

在冥府里沉默。

我们隆重地用一个曾装过

尖头鞋的盒子

把它葬在大黄旁边——死亡，

你已得到一根坚硬的食管！

皮拉的双眼红了——部分由于

那只鸟，部分为她自己，

因为没有渴望得到的事物能持续长久——

那是她大哭的原因。

4. 处女膜

处女们！——卡利马科斯[1] 称赞

向她男人的阳具开放的女孩

（只在有恰当合约之后）

1　Callimachus，古希腊诗人、学者。

在深河旁边的汽车旅馆

或宿营拖车里——我不
要求你那样，紧缚
或约束，皮拉，
因为那不是你的风格——

如果在我之前十八个男人爬过你的灌木小径，
好吧，我是幸运的第十九个！
卷心菜无疑是处女
在铁丝网后面长得丰腴

在每一个郊区菜园里，等着
蛞蝓爬上并强暴它们——
你从未有过另一个男人，
也没有这一个！我露宿如老布伦纳

吃着用
芦苇[1]根烧煮的淡水贻贝，
在不可穿透、只有死人已经
打破的处女膜的边上。

1　原文为毛利语：raupo。

5. 地球

皮拉，当我躺着却无法
入睡——一想到你的身体
我就想起白色的
大瀑布或女神

从两千尺高的奎尔湖[1]
跳下，到下面灌木
的绿色子宫——
或者别处，埃隆山，当空气随着

石头和带刺灌木上面的高温摇晃
陷入正午的昏睡，当鹰捕猎时——
于是你变成一个世界
要不世界缩小到你身上，

奇异的束缚！我已忘掉所有这些
倘若在夜晚你心甘情愿
来到我身边，将
你的黑发铺展在我的枕上，

在床上你的身体挨着我，

1　Lake Quill，位于新西兰南岛西南部。

大瀑布或母狮子——

如今我从地球上分离

已经九天——死亡的九天！

6. 转换

今夜我已听到床的嘎吱四次——

墙比硬纸板更薄

不然你不在乎！泪水像酒

正注入我的嘴里——

他会看出是怎么回事！那个傻瓜！

那对我不管用，皮拉；

我被生活钩住了——疯狂到认为

太阳从你阴道出来升到天空

我极冷！所有的树都死了。

你的迷你裙贴着他的床栏，

他是正午的太阳。他瞧不起

一大堆风暴黑旋涡；

某一天他会溺死。他将像我一样，

在你晾衣绳上挂一件旧外套

夹住直至晒干！不曾出生
胜于做你的男人。

7. 酒吧便餐

没有人看一眼
当凯利乌斯[1]收拾完酒吧便餐
（他们叫他垃圾肚子）——
奶酪，鸡肉，腊肠，黑布丁，

这全部下舱门[2]了——老人们被
肘部震动击中了肋骨，
他把威士忌吹过他的红胡须
然后讲那个关于在阴部

放米粒的恶棍女友的无聊故事——
对不起；我忘了
你爱他，皮拉——
好啦，那再自然不过了！

如果他能一晚上做四次

---

1 Marcus Caelius Rufus（约公元前88—前48），古罗马政治家。
2 Down the hatch，俚语，用于吃喝食品（特别是口味重的）前的口头语。

402

其他男人不算数——可是，亲爱的，

当你在床上紧握他

如藤蔓抓紧石头，

记住那是差不多的不管

你吻他的嘴还是屁股——同样的

枯燥臀面，同样的劣等乳房，

同样的一绺红毛发。

8. 伤口

不只是女人们

让自己迷失于爱的伤口——

当被西布莉操纵的阿提斯 [1]

用石刀割下他的性器，

他变成了女孩。血呈斑点状

流到黑森林的泥土上——

那么它是为了我，皮拉，

并且伤口将疼痛，眼下正在疼，

虽然我听到了长笛手

---

1 Cybele 是小亚细亚神话中的自然女神，Attis 是其子，两人有乱伦关系。

和巨大的鼓声。为了在
逃离我出生的地球后存活下来，
酒吧，床，桌子，用热蓝桉生的火，

浴室里的男孩们在玩牌——
在伊达山 [1] 上难以生存
那里的严寒咬伤了肉体
阳光戳向树木的根部，

不再是男人——哈！别让
你的狮子咆哮并冲撞我，
西布莉的女儿——我接受
牢固的束缚，更牢固的歌！

9. 情敌

年轻的凯利乌斯自认幸运
拥有和握住你的身体——
他才开始！你觉得怎么样，皮拉，
当他无法立起来

只能在黑暗里躺在你身边

---

1 Mount Ida，在新西兰奥塔哥中部。

纵饮买醉，憎恨你冰冷的心
什么在它下面，那个八头
海石怪兽在你两股间狂吠？

10. 朋友

当那些冷水升起在彩虹泉 [1]
无止尽地从地底下
（泉水如此深以至潜水员不能
在地球的根部找到它的源头；

水流如此强以至他们投下的硬币
侧身旋转到壁架上）——
当那些喂鱼的水流到
整齐的桥下面

给有时差的游客带去些许宁静——
你的友情，阿利乌斯，
从我这儿移开西布莉的手铐
已有半日。

1　Rainbow Spring，在新西兰北岛中北部的罗托鲁阿市。

11. 街灯

如果他们要把你的身体放在一个麻布袋里
然后扔进港湾里，用铁加重
下沉，喂给螃蟹吃——
或者如果，用一根勺

和混凝土搅拌机，他们把它搁在
八角广场[1]中心下面十英尺
（那里的街灯亮着，
这个冬天的下午，我

把你的气味保留在我的鼻孔里，
你的触摸像一团铁丝网
在我皮肤下）——当你被埋葬，皮拉，
你的肉体绝不会腐烂——

以驶进心脏去灭绝你的同类
是一种冒险——
死者不可能死！
你潜行在空荡荡的街上

通过死者归来教导我

---

1 Octagon，在新西兰达尼丁市中心。

自我是一面镜子——我想要

阻止降神会 [1]，皮拉，

用一个大响屁——不可能那么轻易

完成！我恨着

爱着；我爱着，恨着……

街灯下是你的湿漉漉粘着血的嘴唇：

我是你的冻肉！

12. 石头

普罗米修斯式石头武器

发射，落在

一块荒凉的白色

波浪脊沙地的两侧——很久以前

我遇见了你，皮拉，

自由世界把我抱在它心里，

我的半个信仰仅仅是

被从胸脯拉开的孩童的信仰

谁记得——谁不能忘记

1　Seance，一种试图与亡灵对话的活动。

一个父亲庇护的手臂，

也许波塞冬——在外面

波浪从不停止碎裂之处

在最平静的天气，有一处驼背状的

礁石凸起——我们称之为狮子岩[1]——

低吼着，带着它野性的白色鬃毛

仿佛告诉我们即使那样

死亡是迷宫外面的一扇门！

不是你的错——爱，恨，死，

是自然的——如同在流沙下面

躺着的破碎的皮囊。

13. 花朵

他们用砖封住了拱门，皮拉，

那曾通向

你在城堡街的公寓——主，我

怎样花几个小时捣碎路边石，

朝这边转，然后朝那边

1　Lion Rock，在新西兰奥克兰的皮哈海滩。

在它外面，像一条被钩住的鱼
想要鱼饵而不是倒刺——
抑或一根磁化的针！

嗯；他们用砖封住了它——足够
公平！你已经在澳大利亚扎下了根，
我无拘无束地写诗，
长大，结婚，看我的孩子们弄乱了

他们的生活……它一直是坟墓，
你的那个地方！我不知道
接下来生命多么短——真正
恰好触到我们痛处的人

多么少——我是一个成功的
文人，皮拉——
绝对愚蠢！——一个四十岁的婴儿
哭着想要一个已经失去的保姆

她从未在意。那个
本应激发我的信条早早地转入
半地下，如同在小围场的边缘
在秋天你会看到一些花

（比方说蒲公英）

去到农人的靴子底下

像一枚凋落的太阳

被用铲刀划破。

14. 在一名战争英雄的墓地

一颗大坚果，来自长在

库房上面的冬青树 [1]

你在那儿存放自行车和捕兔器——

我种了那棵树，在你军用平板的

边上——不是作为给德斯维希·德朗 [2]

——掌管一座公墓的僵尸——的贿赂，

但希望它可能下降到地狱

劈开石头，让一些光进来，

或者你盲聋的灵魂会触摸它

微笑着回想起家——

那无休止的宿醉，你试图通过

冬天在泰里河游泳洗掉！

你触不可及，伙计——没有设备可摆弄——

1　Macrocarpa tree，一种生长在新西兰的常绿灌木。

2　Deathwish Drang，或可译为"死亡意愿冲动"。

无人可供操，拳击，踢球给他——
所有自恋的热情
被吞噬进恺撒漆黑疯狂的眼睛里

那模仿着宙斯！然而从这里
死亡希望我喜欢那唯一值得做的
风流韵事——你腐烂
在卡其布里；我在便服里——

比方说他们割掉脚趾，
然后手指，然后膝盖处的腿，
然后双手，然后股间的腿，
然后肩部的两臂——

智慧是这个无臂无腿哀求着
它妈妈的残肢！好吧，兄弟，
阵亡军人墓地管理委员会
已经把你安放在了你的位置

正好是你出发的地方，
十分适宜，标准，
在你的混凝土小屋里——直到最后的旗子下降，
祝你好运，伙计；再见！

（1966）

译后记

巴克斯特（James K. Baxter，1926—1972）被誉为新西兰"二战"后最重要的诗人之一。他出生在新西兰一个很有教养的农场主家庭，其父亲为苏格兰后裔，是一位热烈的诗歌爱好者。早慧的巴克斯特 7 岁时开始写诗，17 岁进入奥塔哥大学学习，但不到一年就离开了，次年出版了他的处女诗集《越过栅栏》。他直到 30 岁（1956 年）才重返大学校园，在维多利亚大学获得学士学位。这期间他先后做过屠宰厂工人、邮递员、小学教师甚至太平间的搬运工等，并结婚生子，出版了诗集《吹吧，丰收之风》《倾圮的房屋》以及评论集《新西兰诗歌近来趋势》《火与砧：关于现代诗歌的笔记》等。这些诗集可算作其前期创作。

1958 年，伦敦牛津大学出版社出版了巴克斯特的诗集《在一去不返之火中》，这意味着"他作为诗人的形象获得了国际性认可"[1]，这当然是一个重要节点；此后经过近十年的高产创作，同样由牛津大学出版社出版

1　John Weir, 'Introduction', *James K. Baxter：Collected Poems*, Ed. John Weir, Oxford University Press, 1995，p.xxii.

的诗集《猪岛书简》则标志着他纯熟而卓越诗才的全面展现，他的诗歌创作达到鼎盛状态。1968年对巴克斯特的生命和创作来说，都是一个不同寻常的年份，该年4月他得到"召唤"——"到耶路撒冷去"，第二年9月起他开始常住"耶路撒冷"——新西兰旺阿努伊河边上一个毛利人的小村落，他在那里建立了一个收留各种"无家可归者"的社区，由此进入了他诗歌创作非常特殊的最后阶段，这一阶段也被称为巴克斯特的"耶路撒冷时期"。这时期他出版了两部重要诗集《耶路撒冷十四行诗》和《秋之书》，以及诗文合集《耶路撒冷日书》和数种戏剧、评论集，并有大量未结集诗作。[1]

在其短暂的一生中，巴克斯特创作了数量可观、文类多样（涉诗歌、戏剧、评论、散文、小说等）的作品。其身后除研究者编辑出版的多种诗选集外，尚有四卷本《巴克斯特散文全集》、二卷本《巴克斯特书信集》等问世。

在拙译《耶路撒冷十四行诗·秋之书》（上海教育出版社2020年版）的后记中，我略述了与巴克斯特诗歌结缘、持续跟踪研读直至动手翻译的过程。译完巴克斯特那两部后期代表诗集后，我又断断续续译出了他早、中期诗集里我感兴趣的一些诗作。一个偶然机会，结识了雅众文化的方雨辰女士，她提议在雅众诗丛国外卷中

1　关于巴克斯特生平与创作情况，参阅 Charles Doyle, *James K. Baxter* , Twayne Publishers, 1976; Frank McKay, *the life of James K. Baxter*, Oxford University Press,1990, 以及虞建华:《新西兰文学史（修订版）》，第168—174页，上海外语教育出版社2015年版。

增添一本"巴克斯特诗选"。这让我下定决心，花了一年多时间，从巴克斯特"耶路撒冷时期"之前出版的全部个人诗集中，选译了200余首短诗和若干组诗；由于篇幅所限，这部诗选收录了160余首短诗及几个组诗。应该说，这本囊括了巴克斯特不同时期诗作的选集，是能够呈现巴克斯特诗歌的基本面貌和发展轨迹的。

总体而言，巴克斯特的诗歌写作植根于欧美现代主义诗歌传统。他无疑对欧美现代主义诗歌的发展脉络十分熟悉，其早期的诗歌写作受兰波、狄兰·托马斯、叶芝、哈特·克莱恩、乔治·巴克、埃迪丝·西特韦尔等的影响颇深，他在对这些诗人的学习中致力于写作技巧锤炼，这使得一方面他非凡的语言能力和诗歌才华得以展露，另一方面其诗歌中不可避免地出现了过于讲究辞藻甚至不无夸饰的倾向。在其诗歌风格趋于成熟后，巴克斯特更加重视自身心智的锻造和诗歌中所包含的"问题"指向，从而逐渐将炫技式的个人抒情或冥想，转变为具有锋芒与力度的社会批判。此时他的诗歌在取材上越来越明显地显示出两个重要来源：古希腊、古罗马神话和他后来改信的天主教宗教文化；他常常借助一些神话、宗教人物和故事，来表达他对现实生活的洞察与思考。

值得注意的是，巴克斯特的诗歌与他进行社会革新的理想和实践有密切联系。他在大学待了不到一年就离开了，进入社会这个"更大的学堂"，颠沛流离之际干过多个工种，遍尝了世间的冷暖和人生的甘苦。因此，他的诗歌决没有拘囿于书斋，而是源自其丰富的实践经验和开阔的社会背景，其中相当一部分作品涉及 20 世纪中期新西兰社会的种种不公现象及其隐含的阶层和文化冲突（主要是毛利族群、文化面临的生存威胁所导致的冲突）。譬如在其著名的组诗《猪岛书简》里，巴克斯特就将当时的新西兰比喻为"猪岛"，字里行间闪现着强烈的批判意识和辛辣的讽喻色彩。

巴克斯特诗歌中的"炫技"成分和神话、宗教用典，是中译需要克服的两个首要障碍。前者体现在他诗中大量繁复的定语从句（有时跨多行）的使用，后者则为其诗歌带来特别的意味和语感。笔者既要落实本人向来坚持的译诗必须忠实原作句式的准则，又想经过揣摩后准确把握、传达那些特别的意味和语感，故翻译过程中颇为踌躇，不时产生力有不逮之感。此外，巴克斯特的很多诗作有严整的脚韵，中译未能完全遵循。

本译集对应的原书是 John Weir 编选的 *James K. Baxter : Collected Poems*（Oxford University Press, 1995）。译集里的注释，标有"作者说明"的乃译自原书，其余为译者所加。

感谢方雨辰女士的热忱相助。感谢刘文飞教授在他主编的《当代国际诗坛》第 10 辑（作家出版社 2022 年 12 月）中慷允较大篇幅，做了一个包含巴克斯特短诗、组诗、诗论和访谈的"专辑"。承蒙吴情水、蒋浩、杜绿绿、胡先其和张有为等友人的支持，本书的部分作品分别在他们主持的微信公众号推出。雅众文化的廖珂女士为本书的编辑付出了辛劳，不青、北北十分细致地校看了文稿并提出了有益的意见，为拙译增色不少。在此一并致谢。

张桃洲
于京西定慧寺恩济里

图书在版编目（CIP）数据

与四季和解：巴克斯特诗精选 / （新西兰）詹姆斯·K.巴克斯特著；张桃洲译. -- 北京：北京联合出版公司，2024.8. -- ISBN 978-7-5596-7674-0

Ⅰ . I612.25

中国国家版本馆 CIP 数据核字第 202431CЭ55 号

与四季和解：巴克斯特诗精选

作　　者：[新西兰]詹姆斯·K.巴克斯特
译　　者：张桃洲
出 品 人：赵红仕
策划机构：雅众文化
策 划 人：方雨辰
特约编辑：廖　珂
责任编辑：龚　将
装帧设计：方　为

北京联合出版公司出版
（北京市西城区德外大街83号楼9层　　100088）
北京联合天畅文化传播公司发行
山东临沂新华印刷物流集团有限责任公司印刷　　新华书店经销
字数119千字　　1092毫米×860毫米　　1/32　　13.5印张
2024年8月第1版　　2024年8月第1次印刷
ISBN 978-7-5596-7674-0
定价：78.00元